SALTO

Mr. Midgley hat den Tod seines Vaters schon oft herbeiphantasiert und sich selbst durchaus eine aktive Rolle dabei zugedacht. Am Ende läuft es aber doch ganz anders ab, als er es sich vorgestellt hat, und der Alte erweist sich noch im letzten Moment als überlegen: Er schlägt genau dann ein letztes Mal die Augen auf, als der Sohn seinen Platz am Krankenbett mit dem im Bett der Krankenschwester vertauscht hat. Und seine letzten Worte zeugen von geradezu perfider Vaterliebe …

Von ganz anderem Kaliber ist dagegen Mr. Bennett sen., ein liebender Gatte, der keine Sekunde der Besuchszeit am Krankenbett seiner Frau verpassen möchte. Ein schüchterner Mann, der es nur unter gutem Zureden geschafft hat, den Führerschein zu machen. Ein liebender Vater, für den der Händedruck schon das äußerste Zeichen von väterlicher Zuneigung ist. Als er schließlich selbst im Krankenhaus liegt und dem unvermittelten Abschiedskuß seines Sohnes nicht ausweichen kann, ist dies für ihn ein klares Signal.

Alan Bennett

Vatertage

Beziehungsgeschichten

Aus dem Englischen von Ingo Herzke

Verlag Klaus Wagenbach Berlin

Vater, Vater lichterloh

Jedesmal, wenn Midgley seinen Vater umgebracht hatte, war der Tod ganz leicht gewesen. Er war schnell, schmerz- und kampflos gestorben. Im Rückblick mußte Midgley zugeben, daß er seinem Vater nicht einmal mit diesen Todesphantasien gerecht geworden war. Es sah ihm gar nicht ähnlich, so zu sterben. Und er tat es auch nicht.

Das *Timing* war gut, das mußte Midgley zugeben. Nur sein Vater war imstande, seinen Abschied mitten in die ›Elternsprechwoche‹ zu legen. An dieser Einrichtung hatte Midgley ohnehin nicht viel Freude. Jedes Jahr war er wieder erschüttert, wie jung die Eltern geworden waren, vor allem die Väter. Die meisten hatten mindestens ein Tattoo, Ohren und Nasen waren selbstverständlich gepierct. Midgley konnte sehen, woher so viele seiner Schutzbefohlenen es hatten. Einer der Väter trug eine Halskette mit Hakenkreuz, die Midgley bei einem Schüler wahrscheinlich konfisziert hätte. Und eine der Mütter, mit denen er gesprochen hatte, trug ihr Haar grün. »Nicht bloß grün«, murmelte Miss Tunstall, »leuchtend giftgrün. Und da wundert man sich, daß die Mädchen schwanger werden.«

Das war der eigentliche Zweck dieser Begegnungen. Die Lehrer waren von den Eltern angewidert, fanden ihre Mängel aber auch beruhigend. Wer konnte bei solchen Eltern, so meinten sie, ernsthaft den Schulen die Schuld in die Schuhe schieben? Die Eltern wiederum erinnerten sich an ihre Lehrer als

Respektspersonen mit Würde und Autorität und konnten bei den heutigen Pädagogen nichts davon finden. Von Ehrfurcht war da nichts zu spüren. »Viel zu menschlich«, lautete das Urteil. Und so waren am Ende die biologischen wie die staatlichen Erziehungsberechtigten wenn schon nicht zufrieden, so doch wenigstens freigesprochen. »Ist es denn ein Wunder?« fragten sich die Lehrenden nach einem Blick auf die Eltern. »Das haben sie alles aus der Schule«, sagten die Eltern.

»Coretta hat so 'ne unglaublich heftige Monatsblutung. Glauben Sie mir, Mr. Midgley, so 'ne Menstruation hab' ich noch nie gesehn.« Mrs. Azakwale versuchte, das schwache Abschneiden ihrer Tochter im Englischunterricht zu erklären. »Sie is' bis zu den Knöcheln im Blut gewatet, Mr. Midgley. Ich hab' den ganzen Tag im Waschsalon gestanden.« Hinter Mrs. Azakwale lauschte Mr. Horsfall mit unverhohlener Skepsis und schüttelte langsam den Kopf, als Midgley ihn ansah. Hinter Mr. Horsfall lächelte Mr. Patel verlegen, weil die massige schwarze Frau all diese schrecklichen Sachen so laut sagte. Und hinter Mr. Patel waren die Stühle leer, sah Midgley.

Mrs. Azakwale zog mit Corettas blutigen Beschwerden weiter zur Schlange beim Informatiklehrer, und Midgley sah sich Mr. Horsfall und Martin gegenüber.

Mr. Horsfall färbte seine Haare nicht und trug auch keinen Ohrring. Sein Kurzhaarschnitt war zwar modisch, die Langhaarmode hatte er jedoch nie mitgemacht. Auch sein Sohn Martin hatte noch nie einen Fön gebraucht; auch seine Ohren waren unversehrt. Mr. Horsfall war Kriminalkommissar.

»Ich unterrichte Martin in Englisch, Mr. Horsfall«, sagte Midgley und wünschte, er hätte nicht »Hoffnungslos« in Martins Lernbericht geschrieben, den Mr. Horsfall jetzt in seiner schrecklichen Polizistenpranke hielt.

»Martin? Nennen Sie ihn etwa so?«

»Aber so heißt er doch.« Einen panischen Moment lang fürchtete Midgley, er hieße nicht so, und der Vater würde ihm nun vorwerfen, nicht einmal den Namen seines Sohnes zu kennen.

»Er heißt Horsfall. Martin nennen ihn seine Mutter und ich. Ich würde meinen, für Ihre Zwecke sei Horsfall passender. Sind Sie verheiratet?«

»Ja.«

Horsfall schien wenig beeindruckt. Er hatte als junger Wachtmeister lange Nächte auf öffentlichen Herrentoiletten zugebracht. Viele der Besucher hatten sich als verheiratet und einige als Lehrer herausgestellt. Für die Ehetauglichkeit mußte man sich keiner medizinischen Untersuchung unterziehen, keinen nennenswerten Fragebogen ausfüllen. Für diese Leute war die Ehe bloß das Gebüsch, hinter dem sie sich versteckten.

»Wie redet mein Sohn Sie an?«

»Mit Mr. Midgley.«

»Nicht mit Sir?«

»Manchmal auch das.«

»Schulen ...« Horsfall schnaubte verächtlich.

Sein Sohn müßte klein, verängstigt und intelligent sein und Midgley der verständnisvolle Lehrer, der ihm gegen seine dumpfen und übermächtigen Eltern zur Seite stand. Er würde ihm Bücher in die Hand geben und helfen, daß er aufblühte, damit er in späteren Jahren zurückblickte und dachte: »Wenn dieser Lehrer nicht gewesen wäre ...«. An solchen Mythen hielt sich Midgley fest, wenn er in den frühen Morgenstunden erwachte oder durch den Nachmittagsunterricht döste. Aber es waren eben Mythen. Martin war groß und dumm. Er war nicht unglücklich. Er würde niemals aufblühen. Er war noch nicht einmal verlegen. Er war wahrscheinlich sogar auf seines Vaters Seite, dachte sich Midgley, als er ihn da sitzen sah, wie er auf seine vom Vater geerbten großen Hände starrte und ab und zu an einer der mit lila Tinktur behandelten Warzen kratzte.

»Was mir Sorgen macht«, sagte Horsfall, »ist folgendes: er kriegt kaum einen zusammenhängenden Satz zustande.«

Und das war besonders schmerzlich für einen Mann, der sich in seinem Beruf darauf spezialisiert hatte, die gestammelten Geständnisse halber Analphabeten in geradlinige Polizistenprosa zu verwandeln. Er konnte es doch auch. Er konnte es auch um vier Uhr morgens noch, wenn er den ganzen Tag Wiesen durchkämmt und Teiche durchsucht hatte, von der Befragung halber Wohnviertel mal ganz zu schweigen. Warum konnte sein Sohn es nicht?

»Du machst mich lächerlich, Martin, weil ich deinetwegen hierherkommen muß. Ich habe ja nichts dagegen, hierherzukommen. Aber ich würde gern als stolzer Vater herkommen. Mir anhören, was du geleistet hast. Deinen Namen in goldenen Lettern auf der Ehrentafel lesen. Martin Horsfall. Aber nein. Was gibt es statt dessen? Erdkunde: Schwach. Geschichte: Schwach. Englisch: Hoffnungslos. Sport: Bloß durchschnittlich. Warum, Martin?

Warum, Mr. Midgley? Und warum hoffnungslos? Erdkunde: Schwach. Geschichte: Schwach. Englisch: Hoffnungslos. Ist er hoffnungslos oder Sie?«

»Er gibt sich keine Mühe.«

»Fordern Sie ihn denn? Zu Hause fordern wir ihn. Seine Mutter und ich, wir fordern ihn. Wird er in der Schule auch gefordert? Ich sehe es nicht.« Horsfall sah sich um, aber sein Blick traf nur Mr. Patel, der voller Vorfreude auf sein Gespräch lächelte. Mr. Patels Sohn war intelligent. Schwarze, Inder. Daran lag es. Herausforderung. Welche Herausforderung gab es für seinen Sohn?

»Ich habe nie solche Chancen bekommen wie er. Und ich nehme mal an, Sie auch nicht. Wir hatten nie so gute Chancen, Martin.«

Bei dem »Wir« zuckte Midgley zusammen, weil er sich plötzlich mit den Handschellen eines gemeinsamen Personalpronomens an Horsfall gefesselt sah.

»So eine Schule. Moderne Gebäude. Licht. Luft. Erstklassige Sportanlagen. Volleyball. Wenn jemand zu mir gesagt hätte, als ich so alt war wie du, ›Wir haben hier auch eine Volleyballanlage‹, dann wäre ich auf die Knie gefallen. Was hast du dazu zu sagen?«

Auf diese Frage gab es keine offensichtliche Antwort. Eigentlich war es auch gar keine Frage. »Rechtfertige dein Leben«; das wurde hier von einem dümmlichen und schmuddeligen Jugendlichen verlangt. Der Junge sah keinen Grund für eine Rechtfertigung und schwieg; der Vater wartete.

Und mitten in dieses Schweigen kam Miss Tunstall mit der Nachricht, daß das Krankenhaus angerufen habe. Sie erkannte allerdings, daß es nicht einfach nur eine Konversationspause, sondern essentieller Bestandteil des Gesprächs war, und platzte nicht einfach dazwischen, sondern gestikulierte hinter Mr. Horsfalls Kopf, der sich – als Polizist immer auf der Hut vor Spöttern im Rücken – sofort umdrehte. Also teilte Miss Tunstall ihm die schlechte Nachricht mit (er war ohnehin gewohnt, mit Rettungswagen, Krankenhäusern und Krisen jeder Art umzugehen).

»Das Krankenhaus hat gerade angerufen. Mr. Midgleys Vater ist eingeliefert worden.« Und erst dann, nachdem sie ihre Botschaft überbracht hatte, sah sie Midgley an, der also quasi aus zweiter Hand und als eine Art Entschuldigung erfuhr, daß sein Vater im Sterben lag.

»Sie rufen auf der Station an«, sagte Midgley. »Er ist anscheinend gestürzt.« Mit einem Ohr war er in Miss Tunstalls Büro, mit dem anderen im Nichts einer fünfzig Meilen entfernten Telefonzentrale.

»Beten Sie, daß es nicht die Hüfte ist«, sagte Miss Tunstall. »Das ist normalerweise die schwache Stelle.« Sie hatte selbst eine Mutter. »Das Becken heilt erstaunlicherweise ganz schnell.« Sie klang allerdings gar nicht erstaunt. Ihre Mutter hatte sich das Becken gebrochen, und sie hatte gedacht, das sei der Anfang vom Ende. »Nein, kompliziert wird es erst, wenn es die Hüfte ist.«

»Die rote Lampe der Zentrale blinkt«, sagte eine Stimme.

»Was soll ich erst sagen«, antwortete eine andere, »meine rote Lampe blinkt schon den ganzen Tag.«

»Schwerer Fall von Antriebsschwäche«, sagte die erste Stimme.

»Hallo«, sagte Midgley. Schweigen.

»Sie ist böse im Supermarkt gestürzt«, fuhr Miss Tunstall fort. »Das passiert, wenn sie älter werden. Damit muß man rechnen.« Sie rechnete jederzeit damit. »Ihre Knochen werden mürbe.«

Sie knackte mit den Fingerknöcheln und justierte den Zeilenabstand.

»Wartung«, sagte eine neue Stimme.

»Ich bin wohl falsch verbunden«, sagte Midgley.

»Das sind diese Hilfsarbeiter«, sagte Miss Tunstall. »Halten das ganze Land im Schwitzkasten. Mit dem Leid anderer Leute machen sie sich einen schönen Tag.« Sie wollte mit ihrer schriftlichen Ermahnung an die Eltern einiger Jungen vorankommen, die sich im Schwimmbad danebenbenommen hatten, aber sie hatte das Gefühl, damit warten zu müssen, bis Midgley gehört hatte, was los sei. Ihre Mutter war zweiundachtzig. Die letzten zwanzig Jahre waren nicht einfach gewesen, und wenn sie gewußt hätte, was sie erwartete, dann hätte sie ihre Mutter wahrscheinlich erstochen, als sie sechzig wurde. Heutzutage bekam man für so etwas ja bloß eine Bewährungsstrafe oder schlimmstenfalls offenen Vollzug. Miss Tunstall hatte einmal mit der Schule eine solche Anstalt besichtigt und sie durchaus ansprechend gefunden. Im Grunde ein Zuckerschlecken.

»Die Buchhaltung ist wieder auf dem Kriegspfad«, sagte eine Stimme in Midgleys Ohr.

»Ein Unglück kommt selten allein«, sagte eine andere.

»Muß ich die sterilisieren?« fragte eine schwarz klingende Stimme.

»Frag mich mal«, antwortete eine emanzipiert klingende.

»Hallo«, sagte Midgley. »HALLO.«

Miss Tunstall begann leise zu tippen.

Midgley stellte sich seinen Vater im Krankenbett vor: Er lag womöglich im Sterben, aber wollte niemandem damit zur Last fallen.

»Keine guten Nachrichten?« fragte Miss Tunstall, die unsicher war, ob sie die Worte »Gefahr eines schweren Unfalls« unterstreichen sollte. »Und dann wundern sie sich, wenn die Leute alle zu den Privatkassen rennen.«

Midgley war schon überzeugt, daß man ihn vergessen hatte, als plötzlich eine kernige Stimme sich meldete: »Schwester Tudor.«

»Ich rufe wegen eines Patienten an, ein Mr. Midgley.«

Miss Tunstall legte wartend die Hände auf die Tasten.

»Wie ist der Name des Patienten?«

»Midgley«, sagte Midgley. »Er ist heute morgen zu Ihnen gekommen.«

»Wann wurde er eingeliefert?«

»Heute morgen.«

»Midgley.« Eine Pause. »Wir haben keinen Midgley. Es ist kein Midgley eingeliefert worden. Sind Sie sicher, daß Sie bei der richtigen Station sind?«

»Er wurde heute morgen eingeliefert. Man hat mir gesagt, daß er schwer krank sei.«

»Oh ja.« Ihr Tonfall änderte sich. »Midgley. Wie ist Ihr Name?«

»Midgley.«

»Sind Sie der nächste Angehörige?«

›Mein Vater ist tot‹, dachte er. ›Nur Tote haben nächste Angehörige.‹

»Ich bin sein Sohn.«

Miss Tunstall legte ihre Hände in den Schoß.

»Es geht ihm sehr schlecht.« Ihr Ton war eher tadelnd als mitfühlend. »Wir glauben, daß er einen Schlaganfall hatte. Er lag auf dem Fußboden. Er hätte viel schneller ins Krankenhaus gebracht werden müssen. Jetzt besteht die Gefahr einer Lungenentzündung. Es steht auf der Kippe.«

»Es steht auf der Kippe«, sagte Midgley, als er den Hörer auflegte.

»Wie alt ist er?« fragte Miss Tunstall.

»Er ist vierundsiebzig.«

Und ihre Mutter war zweiundachtzig. Das Leben war nicht fair. Die Tür ging auf.

»Schon wieder am telefonieren, Midgley?« sagte der Direktor. »Und ich muß wieder mit der Spendenbüchse zum Finanzkomitee laufen.«

»Mr. Midgleys Vater ist schwer krank«, sagte Miss Tunstall, erneut die entschuldigende Botin. »Es steht anscheinend auf der Kippe.«

Und dann begann sie wie der Wind zu tippen.

»Natürlich können Sie hin. Natürlich müssen Sie hin. Der Vater. Gar keine Frage. Familiäre Verpflichtung.« Midgley war jetzt im Büro des Direktors. »Es wird natürlich kompliziert. Aber das ist es ja immer.« Der Tod. Eine Umstellung des Stundenplans.

Midgleys Gedanken waren bei seinem Vater auf der Intensivstation.

»War er in fortgeschrittenem Alter?«

Man gab sich alle erdenkliche Mühe, ihn am Leben und in der Gegenwart zu halten, aber grammatisch rutschte er immer wieder in die Vergangenheit.

»Er ist vierundsiebzig.«

»Vierundsiebzig. Früher habe ich einmal gedacht, das wäre alt. Sie werden doch nicht lange weg sein? So drei, vier Tage?« Der Direktor skizzierte im Kopf schon einen Fahrplan, wie Midgley senior anständig sterben und begraben werden und Midgley junior zurück an der Front sein konnte. Vielleicht konnte man radikale Eingriffe in den Stundenplan vermeiden.

»Lassen Sie mich überlegen. Sie haben Englisch, Werte und Normen und Kunsterziehung, sonst nichts, oder?«

»Umweltkunde.«

Der Direktor stöhnte auf. »Sehen Sie, da wird's kompliziert. Pilbeam ist schon wieder auf Fortbildung. Das ist das Problem mit der Umwelt, die Leute müssen dauernd zu irgendwelchen Seminaren. Ich wäre froh, wenn die Umwelt endlich in ein Lehrbuch verpackt würde. Na ja. Kann man nichts machen.« Er hatte nie verstanden, warum die Leute um ihre Eltern so einen Aufstand machten. »Meine Eltern sind beide vor Jahren abgetreten. Flugzeugbombe.«

Das klang bei ihm wie ein Sieg des gesunden Menschenverstands.

»Er muß gestürzt sein und konnte dann nicht wieder aufstehen«, sagte Midgley. »Er hat zwei Tage dagelegen.«

»Kommt heutzutage leider nur allzu häufig vor«, sagte der Direktor. »Isoliert in der Gemeinschaft. Allein in der Menge. Sie dürfen sich nicht schuldig fühlen.«

»Ich besuche ihn eigentlich jedes Wochenende«, sagte Midgley.

»Das gibt Tomlinson mal wieder die Gelegenheit, seine unglaublichen und unbegreiflichen Tricksereien mit dem Stundenplan vorzuführen. Obwohl ich befürchte, diesmal wird sogar Tomlinsons Talent an seine Grenzen stoßen.«

Der Direktor öffnete die Tür.

»Wir wollen hoffen, daß es nicht so schlimm ist, wie es aussieht. Wir wollen hoffen, daß er noch mal die Kurve kriegt. Heutzutage scheint es immer weniger Kurven in der Medizin zu geben. Früher haben die Kranken immer noch die Kurve gekriegt. Heute ist die Krankheit offenbar nur noch ein gerader Weg. Wie kommt das?«

Das war keine Frage, auf die er eine Antwort haben wollte.

»Antibiotika?« sagte Midgley und blieb.

»Manchmal bekommt man das Gefühl, daß die moderne Medizin die Patienten zum Trödeln ermutigt.« Es war jedoch Midgley, der sich Zeit ließ.

»Und man hat das Gefühl, daß das eine Fehlentwicklung ist. Gute Fahrt.«

Miss Tunstall hatte den Mahnbrief wegen des schlechten Benehmens im Schwimmbad fertig, und der Direktor warf nun einen Blick darauf und zückte seinen Rotstift. Sie fing mit einem neuen Mahnbrief an, wegen der Schüler, die mit dem Auto zur Schule kamen, einer der Briefe des Direktors nach dem Motto »Privileg, aber kein Recht«. Midgley zögerte immer noch.

»Ich bin nicht sicher, ob wir das deutlich genug formuliert haben, Daphne.«

»Sie haben es genau so diktiert.«

»Daran zweifle ich nicht. Aber meine Einstellung zu der Sache hat sich geändert. Es gibt doch nichts mehr, oder, Midgley?«

Midgley schüttelte den Kopf und ging hinaus.

»Ein Junge rutscht aus. Wird geschubst. Und schon haben wir es mit einer Gehirnerschütterung zu tun. Genickbruch. Todesfall. Ich werde die Schuldigen festnageln. Sie sollen wissen, daß sie dafür ans Kreuz genagelt werden.«

»Soll ich das schreiben?«

Der Direktor sah Miss Tunstall scharf an und fragte sich, ob sie die Wechseljahre schon hinter sich hatte.

»Wir müssen eine geeignete Umschreibung finden. Aber zuerst zu den Problemen, die uns Midgley der Ältere verursacht. Bitten Sie Tomlinson, rüberzukommen, Daphne. Und sagen Sie ihm, er soll seine Buntstifte mitbringen. Und ein Radiergummi.«

»Tomaten oder meine Marmelade?«

»Tomaten.«

Es waren fünfzig Meilen bis zum Krankenhaus. Seine Frau machte ihm Sandwiches. Er saß im Regenmantel am Küchentisch und sah ihr zu, wie sie eine dünne Schicht Margarine auf den Vollkorntoast strich.

»Ich wollte letztes Wochenende hinfahren«, sagte Midgley. »Ich wäre auch hingefahren, wenn deine Margaret nicht plötzlich über uns hereingebrochen wäre.«

»Du wußtest doch, daß sie kommen. Es war seit Wochen angekündigt. Eins der wenigen Dinge, auf die sich Mutter noch freuen kann.« Mrs. Midgleys Mutter stand am Fenster und starrte hinaus. »Schieb nicht unserer Margaret die Schuld in die Schuhe.«

»Ich habe eben nicht damit gerechnet.«

Wenn man mit etwas rechnete, passierte es nicht.

»Ich habe damit gerechnet«, sagte seine Frau und legte eine glänzende Plastikschürze an, auf der ein Porträt von Sylvia Plath prangte.

»Ich habe damit gerechnet. Als ich das letzte Mal bei ihm war, ist er mit zur Tür gekommen und hat mir hinterhergewinkt. Das hat er vorher nie getan. Gott segne ihn!« Sie zog gepolsterte Topfhandschuhe im Union-Jack-Design über und probierte die Sprühflasche mit dem Putzmittel aus. »Ich glaube, die Menschen wissen so was.«

»Er kommt auch sonst mit zur Tür«, sagte Midgley. »Er kommt immer zur Tür.« Und das stimmte auch, obwohl Midgley das Gefühl hatte, er tat es nur, um zu zeigen, daß der Besuch so kurz gewesen war, daß er noch ein bißchen in die Länge gezogen werden müsse. Einmal jedoch hatte Midgley, als er ihn winkend im Rückspiegel entdeckte, weinen müssen.

»Er wollte mir etwas mitteilen«, sagte seine Frau. »Ich weiß doch wohl, wie ein Abschied aussieht.« Ein dünner Sprühfilm legte sich auf die grauen Innenwände des Backofens. »Mußt du nicht los?«

»Ist heute Samstag?« fragte ihre Mutter.

Zehn Minuten später saß Midgley auf der Treppe, während seine Frau angefangen hatte, Staub zu saugen.

»Ich werde ihn nicht enttäuschen. Ich will dasein, wenn er uns verläßt«, rief Midgley.

Der Staubsauger wurde ausgeschaltet.

»Was?«

»Er hat mich geliebt.«

»Wüßte nicht, wieso«, sagte Midgleys Frau. »Es ist ja nicht so, daß du ihm ähnlich wärst«, und sie stellte den Staubsauger wieder an, »kein bißchen.«

»Joyce«, rief ihre Mutter, »wann kommt denn die Fußpflegerin?«

Midgley sah auf die Uhr. Drei. Zehn nach drei fing Mrs. Midgley an, Staub zu wischen. Es hieß immer, die Hausarbeit mache ihr schlechte Laune. In Wirklichkeit machte sie die Hausarbeit immer dann, wenn sie schlechte Laune hatte. Es kam also aufs gleiche raus.

»Er war stark«, sagte sie und staubte eine Sammlung Brauseflaschen verschiedenen Alters ab. »Unser Colin wird auch stark werden. Colin hat er geliebt.«

»Weiß er es schon?« fragte Midgley.

»Ja. Aber er hat es noch nicht begriffen.«

Heisere Schreie und rhythmisches Trommeln auf dem Fußboden deuteten darauf hin, daß sein Sohn Trost in der Musik suchte.

»Wenn er es begreift«, sagte seine Mutter, die an einem Rostfleck auf einer jüngst erworbenen Suppendose herumrieb, »wird es ihm wirklich das Herz brechen. Es reißt immer eine Lücke. Das haben sie bei ›Woman's Hour‹ auch gesagt. Armer alter Frank.«

»Ich habe nie begriffen«, sagte Midgley, »warum du ihn Frank nennst. Er ist mein Vater.«

Sie schaute den Becher mit dem Krönungsbild von 1953 an und fragte sich, ob dieses Fundstück nicht noch ein bißchen zu jung war, um es auszustellen.

»Er trägt einen Namen. Frank ist sein Name.«

Es war nicht nur das Alter: der Krönungsbecher war auch so ungefähr das einzige Objekt im ganzen Haus, das Midgley zur Dekoration beigesteuert hatte. Er hatte ihn als Grundschüler 1953 geschenkt bekommen.

»Ich nenne ihn Dad«, sagte Denis.

»Aber er ist nicht Dad, oder? Jedenfalls nicht mein Vater, ich nenne ihn Frank, weil das der Name eines Menschen ist. Für mich ist er ein Mensch. Deshalb kommen wir auch gut miteinander aus.«

Sie wollte den Becher hinter einer Spardose in Form eines grinsenden Schwarzen verstecken, aber dann besann sie sich. Sie hatten sowieso zuviel Sachen. Und bald würden noch mehr von seinem Vater dazukommen. Das heiterte sie ein wenig auf.

Ihr Mann küßte sie und öffnete die Hintertür.

»Daran liegt es gar nicht«, sagte er.

»Daran liegt was nicht?«

»Daß ihr gut miteinander auskommt. Weil du ihn wie einen Menschen behandelst.«

Als er sie so in ihrer albernen Schürze dastehen sah, tat sie ihm leid, und er wünschte, er hätte den Mund gehalten.

»Ihr kommt gut miteinander aus«, sagte er (und weil sie ihm leid tat, versuchte er es so klingen zu lassen, als sei das ihr gutes Recht), »ihr kommt gut miteinander aus, weil ihr mich beide verabscheut.«

»Hör mal zu.« Sie zog ihn von der Tür weg und machte sie zu. Ihre Nachbarin Mrs. Barnes, die ihre Ehe einmal als »ungehemmt« bezeichnet hatte, hängte gerade Wäsche auf. »Dein Vater ist vierundsiebzig. Er liegt im Sterben. So lange, wie du jetzt hier herumtrödelst, ist er womöglich schon tot, und du kannst es nicht ertragen, daß er und ich befreundet waren? Ich habe anscheinend jemanden geheiratet, der auf der Evolutionsleiter ganz unten steht. Vielleicht brauchst du ein paar Papiertaschentücher.« Sie schoß auf ihn zu und steckte ihm welche in die Tasche.

Midgley öffnete die Tür wieder.

»Aber wenn ihr beide zusammen wart, existierte ich gar nicht mehr.«

»Ich bin«, rief sie, »mit dem Schrank unter der Spüle verheiratet!« Diese Bemerkung wurde für Mrs. Barnes noch rätselhafter durch die musikalische Begleitung eines vorbeifahrenden Eiswagens, der die ersten Takte von ›An der schönen blauen Donau‹ spielte.

»Er *stirbt*, Denis. Kannst du jetzt existieren? Bist du jetzt zufrieden?« Sie weinte.

»Ich werde alles richtig machen, Joyce«, sagte Midgley. »Ich werde dasein, wenn er gehen muß. Ich werde seine Hand halten.«

Er hielt ihre, die immer noch in den Topfhandschuhen steckte. »Wenn ich ihn jetzt enttäusche, wird er mir den Rest meines Lebens nachhängen. Ich habe ihn wirklich geliebt, Joyce.«

»Ich *möchte*, daß er dir für den Rest deines Lebens nachhängt. Genau das will ich. Ich denke an seine Freundlichkeit. An seine Selbstlosigkeit. Seine immerwährende Höflichkeit. Das Unglaublichste daran ist, daß so ein Heiliger einen so mißratenen Sohn gezeugt haben soll.«

Sie nahm Sylvia Plath ab und hängte sie hinter die Tür. Sie weinte nicht mehr.

»Aber ich nehme an, das ist der Anteil deiner Mutter.«

»Laß meine Mutter aus dem Spiel«, sagte Midgley.

Seine Mutter war ein wunder Punkt. »Meine Mutter ist tot.«

»Und dein Vater inzwischen wahrscheinlich auch. Fahr endlich los!«

Midgley faßte sie an den Schultern. »Es wird sich alles ändern, du wirst sehen. Ich werde mich ändern. Ich werde ein anderer Mensch sein. Ich kann ... aufbrechen. Leben! Anfangen!« Er gab ihr einen raschen, warmen Kuß und rannte von der Haustür die kurze Auffahrt hinunter zum VW-Bus. Seine Frau stürzte zur Tür, um ihm noch etwas mitzugeben.

»Anfangen?« rief sie. »Womit anfangen? Du bist neununddreißig!«

»Sie haben schon wieder Krach gehabt«, erzählte Mrs. Barnes abends ihrem Mann. »Kann man mal sehen, wohin Studieren führt.«

Als Midgley die Umgehungsstraße um Leeds und Bradford verließ, hielt er an einem Zebrastreifen, um einen alten Mann hinüberzulassen. Der Alte hielt eine warnende Hand hoch und schlurfte langsam über die Straße, wobei er das Auto böse anstarrte. Als Midgley den Motor aufheulen ließ, blieb der alte Mann stehen, starrte noch böser und ging dann anscheinend extra langsam weiter. Hinter Midgley hupte jemand. Er wartete nicht, bis der Alte ganz auf dem Bürgersteig war, sondern gab schon vorher Gas und fuhr ruckartig an. Im Spiegel sah Midgley, wie der alte Mann stolperte und beinah hinfiel.

Die erste, die er im Krankenhaus sah, war Tante Kitty, die Schwester seines Vaters. Sie küßte ihn wortlos und mit geschlossenen Augen, als wolle sie andeuten, daß ihr Schmerz momentan jenseits sprachlichen Ausdrucks läge. Nach dieser Szene nahm sie seinen Arm (was er gar nicht mochte) und folgte den Schildern zur Intensivstation.

»Ich hatte gedacht, du würdest ein bißchen eher kommen«, sagte seine Tante. »Ich bin schon seit zwei Uhr hier. Du wirst sehen, wie er sich verändert hat.« Sie gingen einen langen gesichtslosen Flur entlang. »Er ist gar nicht wie mein Bruder. Nicht der Frank, den ich kannte.« Besucher ballten sich an den Stationstüren und warteten darauf, an den Betten ihrer Liebsten sitzen zu dürfen. Tante Kitty schenkte ihnen ein tapferes Lächeln. »Ich finde diese Farbgebung gar nicht schlecht«, sagte sie. »Ich habe Eierschale immer gern gemocht. Sein Arzt ist schwarz.«

Die Intensivstation hatte ihr eigenes Wartezimmer, wo man, nahm Midgley an, Intensivschmerz zeigen konnte, und richtig: in der Ecke saß eine weinende Frau. »Ihr Mann ist stark gefährdet«, flüsterte Tante Kitty. »Ihre älteste Tochter arbeitet für ›Johnson & Johnson‹. Sie waren gerade aus Barbados zurückgekommen. Die Krankenschwester ist weiß, aber höchstens achtzehn.« Die Schwester kam herein. »Das ist mein Neffe«, sagte Tante Kitty. »Mr. Midgleys Sohn. Dein Vater hat ein eigenes Zimmer, mein Junge.«

»Das haben sie in diesem Stadium alle«, sagte die Schwester.

Midgleys Vater lag mit Kissen im Rücken halb aufgerichtet im Bett und starrte geradeaus durchs Fenster auf eine leere gelbe Wand. Seine Arme lagen auf der Bettdecke, die Handflächen nach oben, als hätte er sein Los akzeptiert und erwartete eine Art Erlösung. Sie hatten ihm einen grünen Krankenhauspyjama angezogen, dessen funktionale halblangen Ärmel auf Midgley zu modisch wirkten. Er hatte seinen Vater im Bett bisher immer nur in seinem gestreiften Pyjama gesehen oder vielleicht mal im Unterhemd. Das Oberteil war offen, an der Brust hingen Elektroden, und über dem Bett blinkte ein Monitor stetig und regelmäßig. Midgley schaute eine Weile darauf.

»Dad«, sagte er zu sich selbst.

»Dad. Ich bin's, Denis.«

Er stellte sich zwischen das Bett und das Fenster, so daß sein Vater ihn bemerken mußte, wenn er sehen konnte. Er hatte gelesen, daß Schlaganfallpatienten nie bewußtlos waren, sondern lediglich in einen Zustand versetzt wurden, der es ihnen unmöglich machte zu kommunizieren. »Die schlimmste Art der Einzelhaft«, hatte der Autor des Artikels geschrieben, der selbst Arzt war und allzugern Metaphern benutzte.

»Alles in Ordnung, Dad.«

Er nahm sich einen Stuhl, setzte sich auf halbe Höhe des Bettes und legte seine Hand auf die reglose Handfläche seines Vaters.

Im Gesicht sah er gut aus, vom Wetter gegerbt und gebräunt, und am Hals war eine glatte Linie, wo das Weiß des Körpers begann. Diese Grenze zwischen seinem bekannten Kopf und seinem unbekannten Körper hatte Midgley erschreckt, als er sie als Kind zum ersten Mal sah, beim Baden im örtlichen Schwimmbad. Sein Vater hatte sein Leben lang nie in der Sonne gesessen.

»Es tut mir leid, Dad«, sagte Midgley.

»Sind Sie der nächste Angehörige?« Eine andere Schwester.

»Der Sohn.«

»Aber nicht zu lange.«

»Ist der Doktor hier irgendwo?«

»Warum? Was wollen Sie wissen? Es ist doch alles in Ordnung, oder? Keine Beschwerden?«

»Ich will nur wissen, wie es ihm geht.«

»Sehr schlecht. Das sehen Sie doch.«

Sie schaute auf ihre linke Brust, wo eine Uhr hing.

»Der Arzt kommt in etwa einer Stunde vorbei. Er hat sehr viel zu tun.«

»Wo er wohl ist?« fragte Tante Kitty.

»Sie hat gesagt, daß er sehr beschäftigt ist.«

Sie saßen wieder im Wartezimmer.

Tante Kitty sah ihn an. In ihrem Blick lag das, was sie, so nahm er an, für unendliche Traurigkeit gepaart mit ein wenig Mitleid hielt (»Sorge und Liebe fließen hernieder«, wie es im Kirchenlied hieß). »Nicht der Doktor, dein Vater, mein Junge. Irgendwo hinter diesem starren Blick ist er und wandert umher. Du weißt schon«, meinte sie vage, »im Geiste. Wo ist er da?«

Sie tätschelte seine Hand.

»Ich nehme an, du glaubst nicht an ein Leben nach dem Tod, wo du doch zur Universität gegangen bist. Das geht immer als erstes verloren.«

Eine Weile las sie das Kleingedruckte auf ihrem Rentenausweis, und Midgley dachte an seine Kindheit. Schwestern kamen und gingen, führten ihr eigenes Leben, und ein Mann wischte im Flur mit

Kunststoff bezogene Matratzen ab. Jedesmal, wenn eine Schwester in seine Nähe kam, machte er Bemerkungen wie »Manchen geht's einfach zu gut« oder »Man gönnt sich ja sonst nichts«. Einmal glitt die Oberschwester auf einem elektrischen Wagen vorbei, stumm, heiter und majestätisch. »Das ist ja ganz was Neues«, sagte Tante Kitty. »So einen könnte ich auch gebrauchen. Ich werde mal hineinschauen und einen Blick auf deinen Vater werfen.«

»Was hat dieser Gesichtsausdruck zu bedeuten?« fragte sie, als sie wieder zurückkam. Für Midgley bedeutete er, daß er seinen Vater letztes Wochenende hätte besuchen sollen. Er bedeutete, daß sein Vater ihn die ganze Zeit richtig eingeschätzt hatte, und jetzt lag er im Sterben, und wer war schuld? Das bedeutete er. »Diese Abteilung ist von der Herzogin von Kent eröffnet worden«, sagte Tante Kitty. »Sie haben hier eine erstklassige Nierenstation.«

Krankheiten und Königshäuser faszinierten Tante Kitty gleichermaßen, und wenn möglich, versuchte sie zwischen beiden eine Verbindung herzustellen. Würde man ihr sagen, daß sie zwar sterben müsse, aber an derselben Krankheit wie ein Mitglied der königlichen Familie, sie würde fröhlich in den Tod gehen.

»In Krankenhäusern wird eine Menge gewartet«, sagte sie gerade. »Neunzig Prozent der Zeit wartet man. Findest du, die Farbe dieses Zimmers ist eher Eierschale oder Creme?«

Ein weinender junger Mann ging vorbei.

»Seine Frau hatte einen Unfall«, erklärte Tante Kitty. »Frontalzusammenstoß. Auto Totalschaden. Bist du mit dem VW-Bus hier?«

Midgley nickte.

»Ihr seid also so eine Zwei-Auto-Familie, ja? Würdest du sie schwarz nennen?« Eine thailändische Krankenschwester schaute kurz herein und verschwand wieder. »Von denen sieht man nicht so viele. Ist wahrscheinlich ein Flüchtling.«

Midgley blickte auf die Uhr. Vor einer Stunde hatte er mit der Schwester gesprochen. Er ging ins Empfangszimmer und stand am Schalter herum, aber es war niemand da. Er stellte sich an die Tür zum Zimmer seines Vaters. Der hatte sich nicht bewegt, seine blicklosen Augen waren auf einen Fensterputzer gerichtet, der ihnen mit professioneller Diskretion auswich.

»Ich dachte immer, ich sei als erste dran«, sagte Tante Kitty, die sich eine Anzeige in *Country Life* ansah. »Schau dir das an. Zwei Swimmingpools. Auf zwei Swimmingpools könnte ich verzichten. Wenn man erst mal in meinem Alter ist, möchte man bloß eine Wohnung, in der man leicht mit dem Staubsauger überall hinkommt. Meinen Beschwerden sind sie auch nie ganz auf den Grund gegangen. Sie haben mir ein Mikroskop in den Rachen gesteckt, aber sie haben nichts gefunden. Nach Portugal würde ich nicht für Geld ziehen. Laubengang, ich wüßte gar nicht, was ich mit einem Laubengang anfangen sollte, wenn ich einen hätte. Dr. Penry-Jones wollte mich unter diese Maschine legen, die der Herzog von Gloucester eingeweiht hat: dieses Scanner-Ding. Aber anscheinend gab es eine ellenlange Warteliste.«

Eine Krankenschwester ging durchs Zimmer.

»Das ist die, von der ich dir erzählt habe. Ich habe sie gefragt, ob dein Vater im Koma liegt oder bloß bewußtlos ist. Sie wußte es nicht. Sie stellen einfach zu junge Dinger ein.«

»Tantchen«, sagte Midgley.

»Dabei ist sie nicht mal schwarz. Wenn sie schwarz wäre, würde ich ja gar nicht erwarten, daß sie so etwas weiß.«

»Wie war mein Vater?«

Tante Kitty dachte einen Moment nach.

»Er hat nie ein böses Wort zu irgendwem gesagt. Er hat immer allen Leuten Gefallen getan. Schnee für sie geschaufelt. Ihre Kohlen reingetragen. So einer war das. Ein Heiliger. Du schlägst mehr nach deiner Mutter.«

»Ich habe das Gefühl, daß ich seine wertvollen Eigenschaften vermissen lasse«, sagte Midgley eine Weile später. »Ausdauer. Geduld. Tugenden, die man in schweren Zeiten entwickelt.«

»Man sollte gar nicht meinen, daß es im Krankenhaus Vorhänge gibt, oder?« sagte Tante Kitty. »Man sollte doch meinen, Vorhänge sind unhygienisch. Mir jedenfalls gefällt Lila nicht besonders.«

»Mangel zum Beispiel«, sagte Midgley.

»Was?«

»Ich mußte nie Mangel leiden. Daran hat es mir gemangelt, seinetwegen. Verstehst du?«

»Ich hätte zur weiterführenden Schule gehen sollen«, sagte sie. »Statt dessen bin ich mit dreizehn aus der Schule gekommen, wie dein Vater.«

»Ich weiß, daß ich es leichter hatte«, sagte Midgley. »Aber ich war auch dankbar dafür. Ich habe das nicht als selbstverständlich betrachtet.«

»Du sahst so schneidig aus in deiner Schuluniform.«

»Bildung ist auch nicht gerade ein Genuß.« Midgley legte den Kopf in die Hände. »Ich hatte das, was er wollte. Was gibt es da schon viel zu genießen?«

»Mark hat eine Bronzemedaille gewonnen«, sagte Tante Kitty. »Solltest du ihn nicht anrufen?«

»Wegen der Bronzemedaille?«

»Wegen deines Vaters.«

»Ich warte, bis ich mit dem Doktor gesprochen habe.«

Es war halb sieben.

»Ständig hört man von diesen Silikonchips, man sollte doch meinen, sie sollten erst mal unsere ganzen körperlichen Beschwerden in den Griff kriegen, die wissen anscheinend gar nicht, was zuerst kommt. Andererseits ist Frank natürlich immer ein ziemlich starker Raucher gewesen. Das hat er nun davon.«

Midgley schlief ein.

»Robert Donat hatte Bronchitis«, sagte Tante Kitty.

»Mr. Midgley.« Der Arzt rüttelte an seiner Schulter.

»Denis«, sagte Tante Kitty, »Doktor ist da.«

Er war ein blasser, junger Pakistani, und eine Sekunde lang dachte Midgley, er sei im Klassenzimmer eingeschlafen und würde von einem Schüler geweckt.

»Mr. Midgley?« Er war ernst und präzise und höchstens sechsundzwanzig.

»Ihr Vater hatte einen Schlaganfall.« Er sah auf sein Clipboard. »Wie schlimm, ist schwer zu sagen. Als er eingeliefert wurde, war er stark unterkühlt.«

Tante Kitty stieß einen schwachen Schrei aus. Von dieser Geißel war in den Nachrichten viel zu hören gewesen.

»Er muß gestürzt sein und hat mindestens zwei Tage hilflos dagelegen.«

»Ich besuche ihn normalerweise am Wochenende«, sagte Midgley.

»Er hat eine Lungenentzündung. Sein Herz ist nicht besonders stark. Alles in allem glauben wir«, er sah noch einmal auf sein Clipboard, »daß er die Nacht nicht überstehen wird.«

Als er sich zum Gehen wandte, steckte er das Clipboard unter den Arm, und Midgley sah, daß es leer war.

»Drei Telefone, und zwei davon sind hin. Es ist nicht zu glauben«, sagte ein dicker Mann. »Und wenn man nun auf eine Transplantation wartet? Hier funktioniert einfach nichts.« Er klimperte mit seinen Münzen, und der junge Mann mit Brille, der das funktionierende Telefon benutzte, streckte den Kopf unter der Plexiglaskuppel hervor.

»Ich muß bloß zwei oder drei Anrufe machen«, sagte er fröhlich lächelnd.

»Na toll«, sagte der dicke Mann.

»Vor der Physiotherapie ist ein Telefon. Versuchen Sie's da«, sagte eine Schwester im Vorübergehen.

»Ich versuch's da«, sagte der dicke Mann.

Midgley blieb sitzen.

»Hallo«, sagte der junge Mann strahlend. »Dorothy? Du bist Großmutter.« Er sah durch Midgley hindurch, während er sprach.

»Großmutter«, rief er. »Ja!« Eine kurze Pause. »Rate mal«, sagte der junge Mann und lauschte. »Falsch«, sagte er. »Ein Mädchen. Siebeneinhalb Pfund. 17 Uhr 35. Es geht beiden gut. Ich rufe alle an. Mach's gut, Oma.«

Midgley stand halb auf, als der junge Mann den Hörer auflegte, setzte sich aber wieder hin, als er auf einen Zettel schaute und dann noch einmal wählte.

»Hallo Neil. Hi. Du bist Onkel ... du bist Onkel geworden. Heute. Gerade eben. 17 Uhr 35. Na, rate mal.« Er wartete. »Nein. Ein Mädchen. Ich bin so was von happy. Du kannst Christine erzählen, daß sie Tante ist. Ja, eine kleine Cousine für Josephine. Wie fühlt man sich als Onkel? ... Mach's gut.«

Midgley stand auf und wartete. Der junge Mann zog eine weitere Münze aus der Tasche und wählte wieder. Diese Art der Nachrichtenübermittlung ließ sich bei Abgängen eigentlich genau so wie bei Auftritten anwenden, dachte Midgley.

»Hallo, Margaret. Du bist Witwe. Witwe ... Heute nachmittag. Halb drei ... Wie fühlt man sich als Hinterbliebene?«

»Betty«, sagte der junge Mann. »Gratuliere. Du bist Tante. Tante Betty. Ich werde dich nicht raten lassen«, fuhr er eilig fort. »Es ist ein Mädchen. Susan ist so was von happy. Und ich auch.«

Mit jedem Anruf ließ sein Enthusiasmus deutlich nach. Midgley vermutete, daß sein Kind ihn schon anfing zu langweilen, dabei war es erst zwei Stunden alt.

»Ich rufe nur an, um die frohe Botschaft zu verkünden. Mach's gut, Tante.«

Der stolze Vater legte einen frischen Haufen Münzen auf den Münzfernsprecher, und Midgley entschloß sich zu intervenieren.

»Kann ich nur schnell einen Anruf machen?«

»Kann das nicht warten?« fragte der junge Mann. »Ich war zuerst da. Ich bin Vater.«

»Und ich bin Sohn«, sagte Midgley. »Mein Vater stirbt.«

»Sie müssen ja nicht gleich mit so einem Ton kommen«, sagte der junge Mann und trat unter der Haube hervor. »Sie hätten was sagen sollen. Vor der Physiotherapie ist auch noch ein Telefon.«

Midgley lauschte dem Klingeln im Haus des Bruders seines Vaters.

»Onkel Ernest? Hier ist Denis. Dad geht es gar nicht gut.«

»Du meinst Frank?« sagte sein Onkel.

»Ja. Dad. Er hatte einen Schlaganfall«, sagte Midgley. »Und er ist gestürzt. Und jetzt hat er auch noch Lungenentzündung.« Er hatte das Gefühl, zwei von dreien wären erst einmal genug gewesen, er hätte nicht gleich alles auf den Tisch packen müssen.

»Oje, oje, oje«, sagte sein Onkel. »Unser Frank.«

»Kannst du herumtelefonieren und allen Bescheid sagen, die vielleicht kommen wollen? Der Arzt sagt, er wird die Nacht vielleicht nicht überstehen.«

»Von hier aus? Ich soll anrufen?«

Es fing an zu piepen.

»Ja. Ich bin hier in einer Telefonzelle. Es warten noch andere Leute.«

»Man kann nie wissen«, sagte der junge Mann. »Heutzutage vollbringen sie ja Wunder.«

»Ich würde sagen, das ist ein Schwerlastenaufzug«, sagte Onkel Ernest und trat mit seinem schweren Stiefel gegen die Wand. »Das ist kein normaler Personenaufzug. Der ist ja so groß wie unser Wohnzimmer.«

Der Lift hielt an, und ein Helfer rollte eine Liege neben Midgley. Eine Frau blickte zu ihm auf und lächelte schwach.

»Wirkt es schon?« fragte der Helfer. Der kleine Kopf schloß die Augen.

»Wir haben gerade eine hübsche kleine Spritze gekriegt, und jetzt machen wir ein schönes kleines Schläfchen.«

Midgley sah die Stockwerke hinter der Glasscheibe vorbeigleiten.

»Sehr solide gebaut«, sagte Onkel Ernest und schaute den Boden an. »Überlappende Stahlplatten mit doppelter Schweißnaht. Wenn wir uns anstrengen, kriegen wir immer noch was ganz Anständiges gebaut.«

»Auf los geht's los«, sagte der Helfer, als der Lift anhielt.

»Das ist der sechste«, sagte Midgley.

»Für mich sieht ein Stockwerk wie das andere aus«, sagte sein Onkel.

»Hast du Hartley angerufen?« Hartley war Onkel Ernests Sohn, ein Wirtschaftsprüfer.

»Er kommt her, sobald er sich frei machen kann.«

»Konnte er nicht weg?«

Offensichtlich.

»Sekretärin oder so was. Irgendeine Besprechung. Möchte mal wissen, was da immer so besprochen wird, daß er nicht mal mit seinem Vater sprechen kann. ›Entschuldigen Sie, ich muß mal kurz mit meinem Vater sprechen.‹ Das ist doch keine Schande, oder? ›Dauert nur eine Sekunde, mein Vater ist am Apparat.‹ Wer soll sich darüber beschweren? Was sind das für Leute in diesen Besprechungen? Haben die keine Väter? Ich dachte, Väter wären allgemein verbreitet. Statt dessen muß ich einen Termin machen, wenn ich meinen Sohn sprechen will. Söhne und Väter dürften sich nicht erst verabreden müssen. Da sollte man direkt durchgestellt werden.

Du warst nie so zu deinem Vater. Frank hat sehr große Stücke auf dich gehalten.«

Sie gingen wieder den langen Flur entlang.

»Ich bin mit der Diesellok mitgefahren«, sagte Onkel Ernest. Er hatte ein steifes Bein.

»Ich fahre überall hin. Letzte Woche war ich in York. Hab' mir das Eisenbahnmuseum angeschaut. Da stehen Loks herum, die ich selbst noch gefahren habe. Zu Lebzeiten im Museum gelandet. Ich sag' dir eins.«

Sie blieben stehen.

»Was?« fragte Midgley.

»Diesen Fußboden möchte ich nicht saubermachen müssen.«

Sie gingen weiter.

»Bist du noch Lehrer?«

Midgley nickte.

»Das hat deinem Vater gefallen. Auch wenn das Gehalt nicht so berauschend ist. Du wärst besser dran, wenn du so was wie unser Hartley machen würdest. Er macht inzwischen bestimmt mehr als £ 30.000 im Jahr. Seine Frau redet schon von einem Swimmingpool.«

Sie standen vor dem Eingang der Intensivstation, und sein Onkel stützte sich mit ausgestrecktem Arm an der Wand ab, um sein Bein zu entlasten.

»Ist deine Tante Kitty da?«

»Ja.«

»Dachte ich mir. Die Geier kreisen schon.«

Tante Kitty stand auf und führte wieder ihre »Ich bin zu aufgewühlt zum Sprechen«-Nummer vor. »Hallo, Kitty«, sagte Ernest.

»Ich fand immer, ich sollte als erste abtreten, Ernest.«

»Kannst du ja immer noch. Er ist ja noch nicht tot.«

»Geh hinein, Ernest.« Sie betupfte ihre Nase. »Geh hinein.«

Onkel Ernest stand neben dem Bett seines Bruders. Dann setzte er sich.

»Das ist ja ganz was Neues, Frank«, sagte er. »Du warst doch immer so ein munterer Hüpfer.« Er stand auf und schaute sich die Linien und Punkte auf dem Monitor genauer an. Sie hüpften munter auf und ab. Eine Schwester steckte den Kopf herein.

»Das dürfen Sie nicht anfassen.«

»Ich bin ja bloß neugierig.«

»Er ist sehr krank.«

Sie hielt inne, kam dann ganz herein und nahm den Scanner unter die Lupe. Sie sah Onkel Ernest an (nicht jedoch, wie er bemerkte, Frank) und ging wieder hinaus.

»Alles mechanisiert heute«, sagte er.

Kein Laut war im Zimmer zu hören. Die Brüder hatten einander auch zu besseren Zeiten wenig zu sagen gehabt. Nicht, daß sie einander nicht gemocht hätten: sie fühlten sich einfach wohler, wenn noch jemand dabei war. Allein wurden sie ein wenig verlegen. Das war immer noch so, obwohl einer von ihnen bewußtlos war, und Onkel Ernest stand auf, dankbar, daß er wieder gehen konnte.

»Na dann tschüs, Kleiner«, sagte er.

Und wartete.

Er wollte die Hand seines Bruders tätscheln.

»Ich bin letzte Woche in York gewesen«, sagte er. »Hat sich kaum verändert. Nicht so verschandelt wie Leeds. Aber sie haben auch so eine Art Fußgängerzone. War das erste Mal da, seit wir Jungs waren. Wir sind doch mal mit dem Fahrrad hingefahren.« Statt die Hand seines Bruders zu berühren, zog er kurz an dessen Fuß, gerade als die Schwester wieder hereinkam.

»Er ist *sehr* krank«, sagte sie und zog die Bettdecke über seinen Füßen glatt. »Und diese Geräte sind sehr empfindlich.«

»Ich komme ins Zimmer«, erzählte sie später in der Kantine, »und da zerrt einer von den Besuchern am Bein des Patienten herum. Hat ihn am Fuß gepackt. Man hat's nicht leicht.«

Onkel Ernests Sohn Hartley kam mit seiner Frau Jean und seinen beiden Kindern Mark (vierzehn) und Elizabeth (zehn). Hartley haßte Krankenhäuser, daher hatte er die volle familiäre Unterstützung eingefordert. Er war allerdings überrascht, daß Mark sich herabgelassen hatte, mitzukommen: Er war ziemlich groß für einen Vierzehnjährigen und längst außerhalb elterlicher Kontrolle. Nur noch bei offiziellen Anlässen ließ er sich mit der Familie sehen. Der Kern der Sache war Miss Pollock: Jeder wußte, daß seine Religionslehrerin mit mindestens einem Schüler des Abschlußjahrgangs Sex hatte, und letzte Woche hatte sie beklagt, daß es heute nur noch so selten Gelegenheit gäbe, Tote zu sehen und so einen Blick für den Stellenwert des menschlichen Lebens zu bekommen. Mark hoffte, daß dieser Krankenhausbesuch ihm bei Miss Pollock Kredit verschaffen werde. Hatte er den Realitäten von Leben und Tod ins Auge gesehen, konnte er womöglich darauf hoffen, als nächster Kandidat fürs »Sich Einbringen« in Frage zu kommen.

Sie fuhren zusammen im Aufzug nach oben.

»Nehmt euch zusammen«, sagte Hartley. »Sehr wahrscheinlich wird euer Großvater auch hier sein. Ich möchte nicht, daß ihr vor ihm um alle möglichen Sachen bettelt.«

»Nein«, sagte seine Frau. »Er soll nicht sagen, daß ihr verzogen seid.«

»Obwohl ihr verzogen *seid*«, sagte Hartley.

»Und wer ist daran schuld?« fragte Jean.

Die Stahltüren schoben sich auf und gaben den Blick auf Denis frei, der sich von Onkel Ernest verabschiedete.

»Tja, Dad«, sagte Hartley. »Hallo, Denis. Schlimme Sache das.«

Jean küßte den alten Mann.

»Gib deinem Großvater einen Kuß, Elizabeth.«

Die Kleine tat, wie ihr geheißen.

»Los, Mark.«

»Ich küsse nicht mehr«, sagte der Junge.

»Du gibst deinem Großvater einen Kuß«, sagte Hartley. Der Junge tat es, und eine Krankenschwester, die vorbeiging, blickte mißtrauisch.

»Wie geht's ihm?« fragte Hartley.

»Er liegt im Sterben«, sagte sein Vater. »Es geht dem Ende zu.«

»Oje, oje, oje«, sagte Hartley, der gehofft hatte, daß alles schon vorbei sei.

»Und? Wie geht's dir so?« fragte Jean fröhlich.

»Bestens«, sagte Onkel Ernest. »Ist das eine von diesen ganz neuen Armbanduhren?« Er griff nach Marks Handgelenk.

»Er hat darauf gespart«, sagte Jean. »Du hast darauf gespart, nicht wahr, Mark?«

Mark nickte.

»Stimmt ja gar nicht«, sagte das kleine Mädchen.

»Ich habe meine erste Uhr mit einundzwanzig gehabt«, sagte der alte Mann. »Aber heute sind sie ja mit achtzehn schon einundzwanzig, stimmt's?«

Denis drückte auf den Aufzugknopf.

»Wir gehen besser gleich zur Station, wenn es schon so schlimm steht«, sagte Jean.

»Ich hatte schon ein- oder zweimal den Hörer in der Hand, um dich anzurufen«, sagte Hartley, als sie auf den Lift warteten, »und dann kam immer ein Kunde dazwischen.«

»Ich glaube, ich werde nächste Woche nach Barnard Castle fahren«, sagte Ernest.

»Warum, um Himmels willen?« fragte Jean und gab ihm einen Abschiedskuß.

»Ich war noch nie da.« Er schüttelte Denis die Hand. Dann schlossen sich die Türen des Aufzugs. Hartley und seine Familie gingen vor Midgley den langen Flur entlang.

»Du fängst dir ein paar, wenn wir zu Hause sind, meine Liebe«, sagte Jean. »Er hat wohl dafür gespart.«

»Bloß eine Woche«, sagte das Mädchen.

»Wenn wir da sind«, sagte Hartley, »dann sollten wir in Zweiergruppen reingehen. Alle zusammen ist vielleicht zuviel Aufregung.«

»Was will er bloß in Barnard Castle?« fragte Jean.

»Geld hat er jedenfalls anscheinend genug, wenn er einfach mal nach Barnard Castle fahren kann.«

Midgley holte sie ein.

»Ihr hättet nicht alle zu kommen brauchen«, sagte er. »Ich wollte nicht, daß Joyce und unser Junge mitkommen.«

»Sie wollten gern mitkommen«, sagte Jean. »Vor allem Mark, stimmt's?«

»Für uns ist es ja auch nicht so umständlich«, sagte Hartley. »Was haben wir bloß gemacht, bevor die M62 gebaut wurde?«

Mark war enttäuscht. Der alte Mann atmete eindeutig noch. Er hätte genausogut schlafen können. Er war nicht einmal bleich.

»Er ist doch nicht mein Onkel, oder, Dad?«

»Er ist mein Onkel. Er ist dein Großonkel.«

Hartley sah auf den Monitor.

»Siehst du den Monitor, Mark? Da wird sein Herzschlag überwacht.«

Mark sah nicht hin, sondern sagte müde: »Ich weiß, Dad.«

»Ich sag's ja nur.«

Hartley berührte den Schirm, wo der hüpfende Punkt flimmerte.

»Du willst doch was lernen, oder?« fragte er, als sie wieder aus dem Zimmer kamen.

»Dad.« Der Junge blieb stehen. »In der Schule haben wir so ein Ding selbst gebaut.«

Dann führte Jean die kleine Elizabeth hinein. (»Gott segne sie«, sagte Tante Kitty.)

Sie standen Hand in Hand neben dem Bett, und Jean beugte sich hinab, um ihn zu küssen.

»Soll ich ihn auch küssen?« fragte die Kleine.

»Nein. Ich denke nicht, Süße«, und sie wischte sich die Lippen ab, mit denen sie ihn berührt hatte.

»Weinst du, Mama?« fragte das Mädchen.

»Ja.«

Elizabeth sah zu ihr hoch.

»Ich sehe gar keine Tränen.«

»Man kann auch ohne Tränen weinen«, sagte ihre Mutter und blickte auf den Monitor. »Man kann ohne Tränen sogar noch mehr weinen.«

»Ich nicht«, sagte das Mädchen.

»Das lernst du, wenn du groß bist.«

»Ich will es aber jetzt können.«

»Hör mal, gleich kriegst du eine hinter die Ohren«, sagte ihre Mutter. »Er liegt im Sterben.«

Elizabeth fing an zu weinen.

»Nicht doch, Süße.« Ihre Mutter nahm sie in den Arm. »Es tut ihm nicht weh.«

»Ich weine doch nicht seinetwegen«, sagte Elizabeth. »Ich weine deinetwegen.«

»Ich würde mir nie mehr einen Ford kaufen«, sagte Hartley. »Früher habe ich auf Ford geschworen. Aber jetzt nicht mehr.«

Midgley beobachtete einen indischen Mann, der mit seinem Sohn in der Ecke saß. Dem Vater rannen Tränen übers Gesicht, und er drückte den Jungen so heftig an sich, daß er ihn fast zu ersticken schien. »Hast du noch den VW-Bus?«

Midgley nickte.

»Ich denke, ich werde mir einen Peugeot holen«, sagte Hartley. »Einen 604. *Made in Britain.*« Er schwieg einen Moment. »Er war ein netter alter Kerl.«

Jean und Elizabeth kamen wieder heraus. Mark, der im Flur gewesen war, kam herein und fragte, wie lange sie bleiben wollten.

Hartley sah Jean an.

»Ich glaube, wir sollten noch ein bißchen warten, oder, Liebling?«

»O ja«, sagte Jean. »Für den Fall, daß ...«

Tante Kitty kehrte zurück. »Ich habe gerade einen Kaffee getrunken und ein kleines Stück Gebäck gegessen, und das hat 45 Pence gekostet. Dabei sollen das doch alles Freiwillige sein.«

»Es gibt hier keine Disco, oder?« fragte Mark.

»Disco?« fragte Jean zurück. »Disco? Das ist ein Krankenhaus.«

»Na ja. Freizeitgestaltung. Unterhaltung für Besucher. Zeit totschlagen und so.«

»Hör bitte auf«, zischte Jean. »Onkel Denis' Vater stirbt, und du redest von Discos.«

»Ist schon in Ordnung«, sagte Midgley.

»Hier, hol dir einen Kaffee«, sagte Hartley und gab ihm ein Pfund. Tante Kitty schaute weg.

Hartley und seine Familie brachen auf. Sie hatten sich vor dem Aufzug versammelt.

»Du wirst es abwarten, nehme ich an«, sagte Hartley.

»O ja«, sagte Midgley. »Ich möchte dasein.«

»Du mußt ihnen früh genug klar machen, daß du keine Wiederbelebungsmaßnahmen willst.«

»Wenn er selbst keine Wiederbelebungsmaßnahmen will«, sagte Jean. »Das wißt ihr doch gar nicht.«

»Ich würde keine Wiederbelebungsmaßnahmen für meinen Vater wollen«, sagte Hartley.

»Aber Denis vielleicht, was, Denis?«

»Nein«, sagte Midgley.

»Man hat meistens gar keine Wahl«, sagte Hartley. »Kaum sehen sie eine Gelegenheit, schon fangen sie mit der Wiederbelebung an und hängen die Leute an diese Maschinen. Hat was mit Kosten-Nutzen-Rechnung zu tun. Sie haben in diese ganzen teuren Maschinen investiert, jetzt müssen sie auch benutzt werden.« Er drückte mehrmals auf den Aufzugknopf. »Ich nehme mal an, daß es um vier Uhr morgens passieren wird. Ein kritischer Moment. In den frühen Morgenstunden läuft das Leben auf kleinster Flamme.«

»Aber Wunder gibt es natürlich immer wieder«, sagte Jean. »Ich habe gerade was über diese todesähnlichen Erfahrungen gelesen. Hast du schon mal was darüber gelesen, Denis? Schwerkranke Menschen, die über ihren eigenen Körpern schweben. Ich persönlich«, Jean küßte Midgley zum Abschied, »glaube ja, daß die Wissenschaft dem Leben nach dem Tod bald auf die Spur kommen wird. Auf Wiedersehen. Ich wünschte, es wäre ein freudigerer Anlaß gewesen.«

Midgley ging wieder den langen Flur entlang.

»Geld nützt auch nichts«, sagte Tante Kitty. »Sieh dir Präsident Kennedy an. Eine tragische Familie.«

Die Inder schliefen, der kleine Junge hatte seinen Kopf in den Schoß des Vaters gelegt.

Ein Raumpfleger kam herein, räumte die Illustrierten zusammen, leerte den Papierkorb und nahm Blumen aus einer Vase.

»Sauerstoff«, sagte er beim Hinausgehen.

»Die Collingwoods sind von Korfu zurück«, sagte Tante Kitty. »Sie haben gesagt, daß es ihnen gefallen hat, aber noch einmal wollen sie nicht hinfahren.«

Es war schon nach zehn, und Midgley hatte angenommen, daß sie die ganze Nacht dableiben würde, als sie plötzlich aufstand.

»Wenn ich jetzt losgehe, krieg ich noch den Bus um zwanzig vor«, sagte sie. »Dann komme ich gerade rechtzeitig nach Hause, bevor sie die Laternen ausmachen. Ich setze mich nie nach oben. Da bettelt man ja geradezu darum.«

»Ich bring dich runter«, sagte Midgley.

Sie schlich übertrieben auf den Zehenspitzen an den schlafenden Immigranten vorbei und schenkte ihnen ein wohlwollendes Lächeln.

»Sie haben auch Gefühle, genau wie wir«, flüsterte sie. »Sie lieben ihre Familien. Wahrscheinlich sogar noch mehr.«

Sie waren im Flur angekommen. »Aber sie sind auch weniger weit entwickelt als wir.«

Er rief Joyce an.

Sie saß mit Colin vor dem Fernseher und sah eine Sendung über Delphine, die von Prinz Philip moderiert wurde. Ihre Mutter schlief mit offenem Mund.

»Was macht ihr?« fragte Midgley.

»Nichts. Colin sieht sich eine Sendung über Delphine an. Wie geht's ihm?«

Midgley erzählte es ihr.

»Ich muß hierbleiben«, schloß er.

»Warum? Du hast alles getan, was man von dir erwarten konnte. Niemand wird dir etwas vorwerfen.«

Midgley bemerkte, daß jemand ›Betet für mich‹ an die Wand geschrieben hatte. Ein Witzbold hatte ›OK‹ darunter gekritzelt.

»Ich muß hier sein, wenn er uns verläßt«, sagte Midgley. »Das kannst du doch verstehen.«

»Ich verstehe dich«, sagte sie. »Es geht nicht um Liebe. Es geht nicht um Zuneigung.« Colin sah hoch. »Es geht nur um dich.«

Sie legte auf.

»Dad?« fragte Colin.

Sie schaltete den Fernseher aus. »Er klammert sich fest.«

»Wer?«

»Dein Großvater.« Sie stand auf. »Weck Mutter auf! Zeit zum Schlafen.«

Midgley ging zurück ins Krankenzimmer und setzte sich zu seinem Vater. Während er weg war, hatte die Nachtschwester ihren Dienst begonnen. Sie war dunkelhaarig, üppiger und weniger frech als die anderen, menschlicher, fand er. In Wirklichkeit war sie ungepflegt. Ihr Haar steckte nicht richtig unter der Schwesternhaube, und ihre Strümpfe hatten Laufmaschen. Als sie das Bettzeug zurechtzog und sich über den leblosen Körper beugte, hielt sie ihren Hintern nur wenige Zentimeter vor

Midgleys Gesicht. Er entschied, daß es keine Absicht war.

»Bin ich im Weg?« fragte er.

»Nein«, sagte sie. »Wieso? Bleiben Sie so.«

Sie schaute eine oder zwei Minuten auf den Bildschirm und kontrollierte die Hüpfer mit der Uhr. Dann lächelte sie und ging hinaus. Fünf Minuten später kam sie mit einer Tasse Tee zurück.

»Kein Zucker«, sagte Midgley.

»Darf ich?« fragte sie und steckte sich beide Stücke in den Mund.

»Ruhig heute«, sagte sie. »Aber ein besoffener Autofahrer genügt.«

Midgley schloß die Augen.

»Ich dachte, Sie leisten mir ein bißchen Gesellschaft«, sagte sie. »Aber Sie sind ja völlig übermüdet.« Sie holte ein Kissen und ging mit ihm hinaus ins Wartezimmer. Die Inder waren gegangen.

»Legen Sie sich hin«, sagte sie. »Ich wecke Sie, wenn irgendwas passiert.«

Gegen fünf klingelte ein Wecker, und es gab zwei Todesfälle kurz hintereinander. Midgley schlief weiter. Um acht wachte er auf.

»Sie können hier nicht liegen«, sagte eine Stimme. »Sie dürfen sich nicht hinlegen.« Es war eine saubere, frisch aussehende Krankenschwester.

Zwei Frauen, die er noch nie gesehen hatte, saßen ihm gegenüber und starrten ihn an.

»Die Schwester hat gesagt, sie würde mich wekken.«

»Welche Schwester?«

»Wenn irgendwas mit meinem Vater passiert.«

»Wem gehört das Kissen?«

»Midgley. Mr. Midgley.«

»Das ist ein Krankenhauskissen.« Sie nahm es ihm weg und ging ins Schwesternzimmer.

»Midgley.« Sie fuhr mit dem Finger eine Liste hinunter. »Keine Veränderung. Aber legen Sie sich nicht hin. Das ist nicht fair den anderen Leuten gegenüber.«

Midgley schaute nach seinem Vater. Keine Veränderung stimmte. Er hingegen fühlte sich alt und schmutzig. Er war unrasiert und spürte ein Herpesbläschen an seiner Lippe entstehen. Aber an seinem Vater hatte sich nichts verändert. Immer noch sauber. Immer noch rosig. Immer noch atmend. Der Punkt hüpfte weiter. Er ging auf den Parkplatz, wo sein Wagen geparkt war, und fragte sich, ob er es wohl wagen konnte, einen Rasierer kaufen zu gehen.

Er ging zurück, um den behandelnden Arzt zu suchen.

Er ging quer über den Besucherparkplatz, der bis auf seinen VW-Bus leer war, und nahm einen Weg um das Krankenhaus herum, weil er dachte, der würde ihn zum Haupteingang führen. Die Gebäude waren langgestreckt und flach in den Hügel hineingebaut. Es waren identische Einheiten, eine Station sah aus wie die andere. Er kam an einer Station vorbei, die aussah wie die seines Vaters, doch da, wo sein Vater hätte liegen sollen, hielt eine Frau gerade einem Baby ihre Brust ins Gesicht. Eine Krankenschwester kam ans Fenster und starrte ihn an. Er sah schnell weg und ging weiter, aber offenbar nicht schnell genug, um den Eindruck zu verwischen, ein Voyeur zu sein. Sie starrte ihm immer noch nach, als er um die Ecke bog. Ein Gefühl der Erleichterung überkam ihn, wenn es sich auch nicht ganz wie Heimkehr anfühlte: er stand vor der Intensivstation. Er suchte nach dem Zimmer seines Vaters, sah die Nelken auf der Fensterbank und Kopf und Schultern einer Krankenschwester. Sie schaute offenbar auf das Bett. Sie trat einen Schritt zurück in Richtung Fenster, um jemanden vorbeizulassen. Midgley stellte sich auf die Zehenspitzen, um zu sehen, was passierte. Er glaubte, noch jemand im weißen Kittel zu sehen. Der Raum war voller Menschen.

Midgley rannte auf der Suche nach einem Eingang um das Gebäude. Am Ende der Einheit war eine Tür, dahinter ein leerer Korridor. Die Tür war verschlossen. Er rannte wieder zu dem Weg hinauf, dann querfeldein eine Böschung hinunter zwischen ein paar jungen Bäumen hindurch, um zu einer anderen Tür zu gelangen. Aus einem Büro beobachtete ihn ein Mann mit einem Telefonhörer am Ohr, als er ins Rutschen geriet und die Böschung hinunterschlitterte. Der Mann legte auf und griff zu einem anderen Hörer. Midgley rannte weiter und geriet plötzlich in ein matschiges Blumenbeet mit Büschen und immergrünen Kriechpflanzen: die Begrünung um den Eingangsbereich. Oben rannte er an der erschreckten Schwester am Empfang vorbei direkt ins Zimmer seines Vaters. Niemand sprach. Ehrfürchtige Stille herrschte.

»Ist er tot?« fragte Midgley. »Hat er uns verlassen?« Er keuchte. Eine ältere, blau gekleidete Frau drehte sich um.

»Tot? Ganz bestimmt nicht. Ich bin die Oberschwester. Und sehen Sie sich bloß mal Ihre Schuhe an!«

Hinter der Oberschwester sah Midgley einen Moment seinen Vater. Aber eine andere Schwester schob den sich heftig sträubenden Mann aus dem Zimmer; er war sicher, daß sein Vater lächelte.

»Ich war eben für kleine Mädchen«, sagte Tante Kitty. »Wenn man bedenkt, daß wir hier in einem Krankenhaus sind, ist der Zustand der Toiletten nicht gerade berühmt. Sieh dir bloß mal deine Schuhe an!«

Sie begann sich häuslich einzurichten, hatte eine Thermosflasche, Sandwiches und Strickzeug dabei.

»Ich kenne Frank«, sagte sie und blätterte im *Country Life*. »Er gibt nicht kampflos auf. Ein Haus auf den Bermudas kann mir gestohlen bleiben.«

Midgley ging auf die Herrentoilette, um sich zu waschen. Er riß eine Menge Klopapier ab, stellte sich ans Waschbecken und wischte den Dreck von seinen

Schuhen. Ein Pfleger kam herein, schaute das Papier in seiner Hand und dann ihn ungläubig an, schüttelte den Kopf und verschwand mit den Worten: »Verdammte Besucher. Verdammte, dreckige, verkommene Besucher.«

Midgley ging nach unten, um seinen Onkel Ernest vom Telefon vor der Physiotherapie anzurufen. Eine eher junge Frau wählte gerade.

»Cyril. Hier ist ...« Sie hielt den Hörer und die Muschel ein Stück von Ohr und Mund entfernt. »Hier ist Vi. Vi. Ich spreche doch hinein. Mum hat ihre OP hinter sich. Nein. Sie hat sie hinter sich. Ganz früh heute morgen. Sie ist noch nicht wieder aufgewacht, aber ich habe mit der Krankenschwester gesprochen, und anscheinend geht es ihr gut. GUT. Und die Schwester sagt ...« Sie senkte die Stimme. »Es war nicht, was wir gedacht hatten. Es war nicht, was wir gedacht hatten. Nein. Kein Grund zur Sorge also.« Sie fuhr mit dem Finger über die Löcher in der schalldämpfenden Verkleidung. »Nein. Ganz sauber. Ich finde, das sind gute Neuigkeiten, du nicht? Die Schwester sagt, der Chirurg ist der Beste. Dr. Caldecott. Die Leute zahlen Tausende, um von ihm operiert zu werden. Ich bin jedenfalls total erleichtert. Du nicht? Ja. Mach's gut.«

Als Midgley nach dem Hörer griff, zog sie ein Taschentuch hervor und wischte sich die Lippen ab, und als sie das Krankenhaus glücklich verlassen hatte, auch das Ohr.

Onkel Ernest hatte am Telefon gesagt, wenn das so weiterginge, sei er nicht sicher, ob er sich die Fahrerei leisten könne, aber am späten Nachmittag tauchte er doch mit Hartley auf.

Er setzte sich eine Weile zu seinem Bruder, kniete sich hin und schaute unter dem Bett nach, wie der Kippmechanismus funktionierte, stand schließlich wieder auf und sagte: »Kette, Frank«, was er immer zu ihm gesagt hatte, als sie zwischen den Kriegen zusammen Radtouren gemacht hatten. Es bedeutete »Beeil dich!«

»Das ist ganz typisch Frank«, sagte Tante Kitty, »kämpfend untergehen. Er hat das Leben so geliebt.«

Im Wartezimmer saßen Neuankömmlinge, ein älteres Ehepaar.

»Es ist ihre älteste Tochter«, flüsterte Tante Kitty. »Sie war gerade dabei, sich bei ›Schofields‹ ein paar neue Vorhänge auszusuchen. Einfach zusammengebrochen. Wahrscheinlich Gehirnblutung. Der Sohn der beiden ist Tierarzt.«

Sie schlenderten den langen Flur entlang zum Aufzug.

»Es ist wirklich ein Wunder«, sagte Onkel Ernest, »daß in all den Jahren niemand deine Tante Kitty erwürgt hat. War dieser Arzt farbig?«

»Welcher?« fragte Midgley.

»Der gesagt hat, er mache es nicht mehr lange.«

Midgley gab es widerstrebend zu.

»Das erklärt alles«, sagte der alte Eisenbahner.

»Dad«, sagte Hartley.

»Was soll das heißen, ›Dad‹?« fragte sein Vater.

»Das soll heißen, daß ich Vizepräsident des Verständigungskomitees in unserer Gemeinde bin. Das soll heißen, daß wir auch einen in unserer Kanzlei haben, und der ist ein erstklassiger Wirtschaftsprüfer. Das soll heißen, daß wir alle in dieser einen Welt miteinander auskommen müssen.« Er drückte mehrmals auf den Aufzugknopf.

»Ich werde nicht noch einmal kommen«, sagte Onkel Ernest. »Wird mir zu morbide.«

»Wir müssen einfach sehen, wie es sich entwikkelt«, sagte Hartley.

»So eine Nummer mache ich nicht mit«, sagte der alte Mann. »Man kommt einmal und fertig.«

»Soll ich dich absetzen?« fragte Hartley, als die Aufzugtüren aufgingen.

»Nicht, wenn es dir Umstände macht.«

»Ich weiß, aber soll ich dich absetzen?«

»Drück auf Erdgeschoß«, sagte Onkel Ernest.

Die Metalltüren schlossen sich.

Midgley saß bei seinem Vater, als die üppige Nachtschwester ihren Dienst antrat.

»Ich habe mich schon gefragt, ob Sie heute nacht Dienst haben.« Er las ihr Namensschild. »Schwester Lightfoot.«

»Haben Sie schon auf mich gewartet? Keine Veränderung.« Sie nahm eine Serviette und wischte dem alten Mann den Mund ab. »Er will uns nicht verlassen, was?« Sie nahm die Vase mit den Nelken von der Fensterbank. »Sauerstoff«, sagte sie und brachte sie nach draußen.

Später – sie hatte ihm wieder eine Tasse Tee gemacht, und Tante Kitty war zum zweiten Mal nach Haus gefahren – saß er wieder neben dem Bett, aber als sie anfing, seinen Vater zu waschen, stand er auf.

»Sie sind sich aber ähnlich.«

Er starrte aus dem Fenster und drehte sich sogar weg, damit er das Spiegelbild nicht sehen mußte.

»Nein«, sagte er.

»Doch. Das ist ein Kompliment. Er hat ein nettes Gesicht.« Sie wusch mit dem Schwamm unter seinen Achseln.

»Was sind Sie?« fragte sie.

»Was meinen Sie?«

Er drehte sich um, als sie gerade die Bettdecke zurückschlug und ihn zwischen den Beinen wusch. Er sah schnell wieder aus dem Fenster.

»Von Beruf?«

»Lehrer. Ich bin Lehrer.« Er wollte sich ins Wartezimmer setzen.

»Was war sein Beruf?«

»Klempner.«

»Er hat sehr schöne Hände. Richtige Damenhände.«

Das stimmte. Sie war fertig, und seine weichen weißen Hände lagen auf der Bettdecke.

»Das passiert im Krankenhaus. Die Hände der Leute verändern sich.« Sie hielt die Hand seines Vaters. Midgley fragte sich, ob er sie wohl bitten könne, seine Hand zu halten. Wahrscheinlich. Sie sah noch unordentlicher aus als letzte Nacht.

»Möchten Sie irgendwas wissen?«

»Ja«, sagte Midgley.

»Der Doktor wird gleich vorbeikommen.«

Es war ein anderer Arzt. Kein Pakistani. Blonde Locken, nicht viel älter als vierzehn.

»Sein Zustand hat sich mit Sicherheit nicht verschlechtert«, sagte der Junge. »Andererseits«, er warf einen jungenhaften Blick auf die Krankenkarte, »kann man auch nicht sagen, daß er sich verbessert hätte.«

Midgley fragte sich, ob er sich wohl mal Ohrlöcher hatte stechen lassen.

»Ich glaube, es hat keinen großen Zweck, daß Sie hier warten. Sie haben Ihre Pflicht getan.« Er schenkte ihm ein gewinnendes Lächeln, und hätte Midgley dichter bei ihm gestanden, hätte er ihm wohl die Hand auf den Arm gelegt, wie er es gelernt hatte.

»Denn schließlich«, fügte er beinahe verschwörerisch hinzu, »weiß er gar nicht, daß Sie hier sind.«

»Ich glaube nicht, daß er im Sterben liegt«, sagte Midgley.

»Leben, Sterben«, sagte der Junge und zuckte die Achseln. Die Worte bedeuteten ihm das Gleiche.

»Wollen Sie, daß Ihr Vater weiterlebt?« Er wandte sich der Schwester zu und zog eine kleine Grimasse.

»Mir wurde gesagt, er werde nicht mehr lange leben. Ich wohne in Hull.«

»Es ist unsere Aufgabe, die Patienten so lange wie möglich leben zu lassen.« Der hübsche Junge blickte auf seine Uhr. »Wir sind nicht verpflichtet, sie pünktlich abtreten zu lassen.«

»Manche von denen scheinen zu denken, sie sind hier bei der Eisenbahn«, sagte der Arzt in den frühen Morgenstunden zu einer Schwester, bei einer Zigarette nach dem Sex.

»Ich mag keine fünfzehnjährigen Ärzte, das ist alles«, sagte Midgley. »Ich bin alt genug, sein Vater zu sein. Wartet sonst niemand hier? Hat sonst niemand das Gefühl, hiersein zu müssen?«

»Warum legen Sie sich nicht in Ihrem VW-Bus schlafen? Ich kann Ihnen ein Kissen und Bettzeug geben.« Sie aß eine Praline. »Ich schicke jemand zum Parkplatz runter, wenn was passiert.«

»Was machen Sie eigentlich den ganzen Tag lang?« fragte Midgley.

»Schlafen.« Sie pulte ein Stück Praline von ihrem Zahn. »Ich wache normalerweise gegen drei wieder auf.«

»O.K.«

Sie lächelte. Er hatte vergessen, wie leicht es ging.

»Ich schaue nur noch mal kurz bei meinem Vater rein.«

Er kam zurück. »Kommen Sie, sehen Sie. Ich glaube, er hat sich bewegt.«

Sie lief vor ihm ins Zimmer. Der alte Mann lag auf den Kissen, eine abgeschirmte Lampe stand neben dem Bett.

»Da haben Sie mich aber eine Sekunde lang erschreckt«, sagte sie. »Alles in Ordnung.«

»Nein. Sein Gesicht hat sich verändert.«

Sie schaltete die Lampe über dem Bett ein, deren Licht so hell war und so plötzlich anging, daß der alte Mann schon davon hätte zusammenzucken müssen. Aber nichts rührte sich.

»Ich hatte bloß das Gefühl, daß er lächelt.«

»Sie sind müde«, sagte sie, berührte kurz seine Wange und schaltete das Licht aus.

Midgley knipste es wieder an.

»Wenn man lange genug hinschaut, sieht man, daß er lächelt.«

»Wenn man lange genug hinschaut«, sagte sie beim Hinausgehen, »sieht man alles, was man sehen will.«

Midgley stand einen Augenblick im dunklen Zimmer und wünschte, er hätte sie geküßt, als sich die Gelegenheit bot. Er ging hinaus, um nach ihr zu suchen, aber es hatte eine Massenkarambolage auf der M62 gegeben, und das absolute Chaos stand bevor.

»Was machst du eigentlich den ganzen Tag lang?« fragte seine Frau am Telefon.

»Ich sitze im Wartezimmer. Ich sitze in seinem Zimmer. Ich laufe im Krankenhaus herum.«

»Stört das die Leute nicht?«

»Nicht, wenn sie im Sterben liegen.«

»Liegt er denn im Sterben?« fragte seine Frau und beobachtete ihre Mutter, die sich auf dem Stuhl neben der Tür niedergelassen hatte, ihre Tasche auf den Knien hielt und sich bereit machte, ins Bett zu gehen. »Es scheint doch ziemlich lange zu dauern.« Die alte Dame schlief ein. Einmal war sie von eben diesem Stuhl gerutscht und hatte sich an der Anrichte den Kopf aufgeschlagen. Sie hatten sie ins Krankenhaus bringen müssen.

»Ich kann jetzt nicht reden. Mum will ins Bett. Sie braucht auch dringend ein Bad. Ich muß mich zusammenreißen.« Die Handtasche glitt zu Boden.

»Ich brauche auch ein Bad«, sagte Midgley.

»Geh doch rüber in die Wohnung deines Vaters«, sagte seine Frau. »Mum fällt um. Wiederhören.«

»Warum sitze ich auf diesem Stuhl?« sagte ihre Mutter, als sie ihr aufhalf. »Ich sitze doch nie auf diesem Stuhl. Ich glaube nicht, daß ich schon mal auf diesem Stuhl gesessen habe.«

Am Morgen wurde Midgley von Schwester Lightfoot geweckt, die gegen das beschlagene Fenster des VW-Bus hämmerte. Es war sieben Uhr.

»Meine Schicht ist gerade zu Ende«, sagten ihre deutlichen Lippenbewegungen durch die Scheibe.

Er kurbelte das Fenster herunter.

»Meine Schicht ist gerade zu Ende. Ist das nicht ein großartiger Morgen? Ich werde mir jetzt ein großes Frühstück mit Rührei und Schinken machen und dann ins Bett gehen. Wir sehen uns zum Tee. Sie sehen furchtbar aus.«

Midgley sah sich im Rückspiegel an, ließ den Bus an und fuhr hupend hinter ihr her.

»Sie dürfen hier nicht hupen«, sagte sie. »Das ist ein Krankenhaus.«

»Ich habe ganz vergessen zu fragen. Wie geht's meinem Dad?«

»Keine Veränderung.« Sie winkte und lief eine Grasböschung hinunter in Richtung Schwesternheim. »Keine Veränderung.«

Sein Dad wohnte noch da, wo er selbst früher gewohnt hatte, am Ende einer Straße mit Reihenhäusern aus rotem Backstein. Es war ein Endhaus, wie seine Mutter immer betont hatte. Deshalb hatten sie ein Fenster mehr, das war schön, aber die Kinder der Nachbarschaft spielten immer Fußball gegen die Außenwand, das war nicht so schön. Sein Vater wuchtete sich immer aus dem Sessel vorm Kamin und ging hinaus zu ihnen, jeden Abend. Er schloß die Tür mit dem Schlüssel auf, den er mit vierzehn bekommen hatte. »Jetzt bist du volljährig«, hatte seine Mutter gesagt.

Das Haus war ordentlich, sauber und kalt. Er schaute sich um, ob er irgendwo Anzeichen einer unterbrochenen Tätigkeit entdecken konnte, oder vielleicht auch nur einen umgestellten Stuhl, irgendeinen Hinweis darauf, was sein Vater getan hatte, als ihn der Schlag ereilte. Nichts. Er hatte eine Haushaltshilfe. Sie hatte wahrscheinlich aufgeräumt. Er stellte den Wasserkocher an, bevor er sich rasierte. Er wußte, wo alles war. Der Rasierer seines Vaters lag auf dem Regal über der Spüle, dabei ein Rasierpinsel, dessen Borsten schon so abgenutzt waren, daß er mehr wie eine Bürste aussah, und ein halbes Päckchen Klingen. Er kratzte den Rost vom Rasierer (»Das ist deinem Vater egal«, pflegte seine Mutter zu sagen) und legte eine neue Klinge ein. Rasiercreme hatte er nie benutzt. ›Puritan‹-Seife hatte es daheim immer gegeben, grüne ›Puritan‹-Seife. Nach der Rasur zog er das Hemd aus, um sich zu waschen, in der Reihenfolge, wie er es auch bei seinem Vater jeden Abend nach der Arbeit gesehen hatte. Dann dachte er an den Nachmittag und tat etwas, was er bei seinem Vater nie gesehen hatte: er zog seine Hose und Unterhose aus und wusch sich den Schwanz. Er roch an seinem Hemd. Es stank. Nackt, weiß und zitternd ging er durch das aufgeräumte Wohnzimmer und die schmale Treppe hinauf, bis er auf dem kalten Linoleum im Schlafzimmer seiner Eltern stand und sich im Spiegel des Ankleidetischs ansah. Auf dem Ankleidetisch standen auf kleinen Spitzendeckchen verschiedene Toilettenartikel: ein runder Glasbehälter für den Puderquast, ein Kissen für Stecknadeln, ein Kristallschälchen mit einer kleinen Säule in der Mitte für Ringe, ein Handspiegel und eine Haarbürste. Diese Gegenstände hatten ihren praktischen Nutzen längst verloren, aber sie hatten vierzig Jahre lang am für sie vorgesehenen Ort gelegen.

Er öffnete die Schublade und fand ein noch eingepacktes, neues Oberhemd. Sie hatten es seinem Vater vor zwei Jahren zu Weihnachten geschenkt. Er zog es an, nachdem er vorsichtig alle Nadeln herausgezogen und in das Kristallschälchen gelegt hatte. Er suchte nach einer Unterhose, fand eine, die alt, ausgeleiert und ein bißchen gelblich aussah. Ein Paar Socken. Nichts paßte richtig. Er war kleiner als sein Vater. Heutzutage war es meist umgekehrt. Er ging wieder hinunter und durch bis in die Waschküche, wo er seine Schuhe putzte. Er erinnerte sich an die Bürsten – die kleine Bürste, um die Schuhcreme aufzutragen, was er als Kind immer für schlecht gehalten hatte, und die große, edle Bürste, die den Glanz hervorbrachte. Er stand auf der Brücke vor dem Kamin und sah sich im Spiegel an, wie zur Beerdigung gekleidet, setzte sich aufs Wohnzimmersofa und weinte, bis ihm klar wurde, daß er sich nicht die Beerdigung seines Vaters vorstellte, sondern seine eigene. Am Ende des gekachelten Kaminsimses, auf den seine Mutter so stolz gewesen war, als sie ihn im Jahr 1953 eingebaut hatten (eine Schande um den schönen alten Ofen, sagte Joyce immer), stand die Pfeife seines Vaters. Immer noch halbvoll mit verkohltem Tabak. Er legte sie zurück, aber sie rollte zur Seite und fiel hinunter auf den künstlichen Kamin. Er bückte sich, um sie aufzuheben, und plötzlich war er sein Vater, der sich hinunterbeugte, fiel und zwei Tage mit der Pfeife unter seiner Hand auf dem Boden lag. Er rannte aus dem Haus und fuhr wie gehetzt zum Krankenhaus zurück.

»Keine Veränderung«, sagte die Schwester gelangweilt (sie hielten ihn langsam für verrückt). Aber auch wenn sich nichts verändert hatte, schien doch der alte Mann wenigstens nicht mehr zu lächeln.

»Ich habe dein Hemd an, Dad«, sagte Midgley. »Das wir dir zu Weihnachten geschenkt haben. Ich hoffe, das ist dir recht. Es steht mir nicht besonders gut, aber ich glaube, deshalb hat Joyce es auch gekauft. Sie hat gemeint, daß es mir nicht gut stehen würde, aber dir bestimmt.«

Eine Krankenschwester kam herein.

»Es heißt, man soll mit ihnen sprechen«, sagte Midgley. »Ich habe es im *Reader's Digest* gelesen«, (und als würde das seine Worte überzeugender klingen lassen), »der lag im Wartezimmer.«

Die Schwester stieß die Luft durch die Nase aus. »Das heißt es auch über Pflanzen«, sagte sie und stellte die Nelken wieder auf die Fensterbank. »Ich denke, über das Stadium sind wir hinaus.«

Midgley saß auf dem Schlafsofa in Schwester Lightfoots Zimmer im Schwesternheim. Die Zimmer waren hell und modern, wie im Krankenhaus. Sie saß am elektrischen Kamin, an dem ein Heizstab glühte. An der Wand hing ein Snoopy-Poster.

»Die Leute haben seltsame Ansichten über Krankenschwestern«, sagte sie. »Männer.« Sie biß in ihr Brötchen. Es waren Müslibrötchen. »Man sagt, daß man Krankenschwester ist, und schon ändert sich ihr Verhalten. Wissen Sie, was ich meine?«

»Nein«, log Midgley.

»Besonders auf Partys fällt es mir auf. Sie fragen dich, was du von Beruf bist, du sagst Krankenschwester, und eine Minute später wälzen sie sich mit dir auf dem Fußboden. Ganz normale Menschen verwandeln sich in wilde Tiere.« Sie schaltete den Kamin eine Stufe höher.

»Deshalb sage ich nicht mehr Krankenschwester.«

»Was sagen Sie dann?« fragte Midgley. Er fragte sich, ob es günstiger sei, zum Kamin hinüberzurükken oder sie dazu zu bringen, zum Schlafsofa zu kommen.

»Ich sage, ich bin Vertreterin. Ich meine damit natürlich nicht Sie«, sagte sie. »Sie sind natürlich ganz anders. Aber Sie haben im Moment ja auch was anderes im Kopf.«

»Was denn?«

»Ihren Vater.«

»Ach ja.«

Die diensthabende Schwester war instruiert, anzurufen, wenn es Anzeichen einer Krise gab.

»Er ist wirklich reizend«, sagte sie, den Mund voll mit Brötchen. »Ich kann verstehen, was Sie für ihn empfinden.«

»Wirklich?« fragte Midgley. »Das ist ja nett.«

»Alte Leute sind auf ganz eigene Art attraktiv. Ich finde ihn beinahe sexy.«

Midgley stand plötzlich auf.

Sie pulte etwas aus ihren Zähnen.

»War Ihr Brötchen auch so sandig?«

»Nein«, sagte Midgley und setzte sich wieder.

»Meins aber. Meins war ein bißchen sandig.«

»Ich schätze, es sollte ein bißchen sandig sein«, sagte Midgley und sah auf die Uhr.

»Nein. Dafür war es zu sandig.«

»Was würdest du sagen,« fragte Midgley und untersuchte sorgfältig einen kleinen Fleck auf dem Bettbezug, »was würdest du sagen, wenn ich dich bitten würde, mit mir ins Bett zu gehen?«

»Jetzt?« fragte sie zurück und holte sich noch ein bißchen Sand oder Körner aus den Zähnen.

»Wenn du willst.« Er ließ es klingen, als wäre es ihr Vorschlag gewesen.

»Jetzt kann ich nicht.« Sie räumte Tassen und Teller weg.

»Warum nicht? Du hast doch erst um sieben Uhr Dienst.«

»Heute ist Mittwoch. Da habe ich eine frühere Schicht.« Sie fragte sich, ob er sich wohl in ein wildes Tier verwandeln würde.

»Dann morgen?«

»Morgen wäre besser. Es hängt natürlich ganz davon ab.«

»Wovon?«

Sie war schockiert.

»Von deinem Vater. Vielleicht ist er morgen nicht mehr.«

»Stimmt«, sagte Midgley und stand auf. Er küßte sie recht förmlich.

»Na ja«, lächelte sie. »Drücken wir die Daumen.«

Midgley saß am Bett seines Vaters und betrachtete den Punkt, der über den Bildschirm hüpfte.

»Halt durch, Dad«, murmelte er. »Halt durch.«

Keine Veränderung.

Bevor er zu seinem Bus hinunterging, um sich schlafen zu legen, rief er zu Hause an. Sein

Sohn war am Apparat. Joyce war mit ihrer Mutter oben.

»Könntest du sie ans Telefon holen, bitte«, sagte Midgley.

Das »bitte« war irgendwie beleidigend. Er hörte einen kurzen gerufenen Dialog.

»Sie kann nicht«, sagte Colin. »Oma ist in der Badewanne. Mum kann sie nicht allein lassen. Was willst du denn?«

»Geh du rauf, und paß auf sie auf, während ich mit deiner Mutter spreche.«

»Dad.« Sein Sohn sprach langsam, mit entnervter Empörung. »Dad. Sie sitzt in der Badewanne. Sie hat nichts an. Ich will sie nicht angucken.«

Weitere entfernte Rufe.

»Mum sagt, wenn sie jemanden findet, um auf Oma aufzupassen, kommt sie rüber, um Großvater zu besuchen.«

»Colin.« Midgleys Stimme nahm einen dringenden Ton an. »Colin. Bist du noch dran?«

»Klar.« (Midgley haßte das.)

»Sag ihr, daß sie das lassen soll. Hörst du mich? Sag ihr, daß es ganz und gar nicht nötig ist, daß sie herkommt. Los, sag ihr das!«

»Ich sag's ihr, wenn sie runterkommt.«

»Nein«, sagte Midgley. »Sofort. Ich kenne dich doch. Geh rauf und sag es ihr sofort.«

Der Hörer wurde hingelegt, und er hörte, wie Colin die Treppe hinaufbrüllte. Er kam zurück.

»Ich hab's ihr gesagt. Ist das alles?«

»Nein. Hast du nicht was vergessen? Wie geht's Großvater? Hast du das nicht vergessen? Nett, daß du fragst, Colin. Es geht ihm ungefähr wie gestern, Colin, danke der Nachfrage.«

»Wie geht es deinem Großvater?« fragte Joyce, die mit einem nassen Handtuch und der Unterwäsche ihrer Mutter in der Hand die Treppe herunterkam.

»Ungefähr wie gestern«, sagte Colin.

»Und deinem Vater?«
»Keine Veränderung.«

Midgley träumte in dieser Nacht, daß es Morgen würde, die Fahrertür des VW-Busses aufginge und sein Vater einstiege.

»Ich wußte gar nicht, daß du Auto fahren kannst, Dad«, sagte er, als sie in die Stadt fuhren. »Wann hast du das denn gelernt?«

»Kurz vor meinem Tod.«

Seine Mutter als junges Mädchen wartete vorm Rathaus auf sie.

»Was für ein schnittiger Kleinbus, Frank«, sagte sie. »Rutsch zur Seite, Denis, laß mich neben deinem Vater sitzen.«

Sie saßen alle drei in einer Reihe nebeneinander, bis er sah, daß sie ihre Hand auf das Knie seines Vaters gelegt hatte: Dann war er plötzlich allein mit ihr auf einem Feld.

»Was für ein herrliches Feld«, sagte sie. »Absolut sauber.«

Er war ein kleiner Junge, sie hatte ein weißes Kleid an, und eine furchtbare Bedrohung hatte sich gerade aufgelöst. Doch dann drehte er sich um und sah hinter sich etwas viel Schlimmeres. Am Rand des Feldes lag ein gewaltiger Haufen Schlacke schwarz glitzernd und glänzend in der Sonne, bereit, sie unter sich zu begraben. Seine Mutter hatte ihn noch nicht gesehen und plapperte munter weiter, wie schön doch das Feld war, wo doch dieser schreckliche Hügel immer näher heranglitt. Jemand rannte den Abhang hinunter und schwenkte die Arme, eine große, schmutzige Gestalt, ein Bergarbeiter, ein Kohlenkumpel. Er rutschte zu ihnen herab.

»Oh«, sagte seine Mutter still, »da ist ja dein Vater«, und er setzte sich neben sie und beschmutzte ihr weißes Kleid mit Kohlenstaub und Dreck.

Dann gingen sie über den Markt in Leeds. Es war Sonntag, die Stände waren leer und verschlossen. Es war außerdem Kirchzeit, und sie gingen über den Markt zur Kirche und bis zum Chorgitter. Das Chorgitter war eine Art Anzeigetafel für Ankunft und Abfahrt, Felder mit Namen darauf drehten sich klakkernd um, aber statt Ankunft und Abfahrt stand ›Geburten‹ und ›Todesfälle‹ darüber. Midgley schlenderte davon, während seine Eltern sich hinsetzten und auf die Anzeige schauten. Dann stand seine Mutter auf, küßte seinen Vater und ging rückwärts durchs Chorgitter, kurz bevor sich die Flügel schlossen. Midgley versuchte, durchs Kirchenschiff zu ihr zu rennen, aber er konnte nicht. Er schrie: »Mam, Mam.« Schließlich erreichte er die Gitterflügel und begann sie zu schütteln, aber sie war schon verschwunden. Er drehte sich um und sah seinen Vater an, aber der schüttelte nur den Kopf und drehte sich weg. Midgley rüttelte weiter am Gitter, und dann rüttelte jemand am VW-Bus. Es war Schwester Lightfoot, die ihn weckte. »Du darfst mich Valery nennen«, rief sie auf dem Weg zu ihrem reichhaltigen Frühstück.

Als Midgley später am Morgen nach seinem Vater sah, saß eine gepflegt aussehende Frau mittleren Alters am Bett. Sie hielt die Hand seines Vaters.

»Sind Sie Denis?« fragte sie, ohne aufzustehen.

»Ja.«

»Ich bin Alice Dugdale. Hat er Ihnen von mir erzählt?«

»Nein.«

»Das sieht ihm ähnlich. Der alte Dickkopf. Bist du doch, nicht wahr?«

Sie schüttelte die reglose Hand. Sie war Mitte Fünfzig, schätzte Midgley, sehr selbstbewußt und sehr auffällig zurechtgemacht. Seine Mutter hätte sie »gewöhnlich« genannt. Sie sah aus wie die Frau eines wohlhabenden Gastwirtes.

»Aber er hat mir von Ihnen erzählt«, sagte sie. »Er hat mir ununterbrochen von Ihnen erzählt. Ein trauriger Anblick.«

Die Schwester hatte gesagt, daß es seinem Vater heute morgen ein bißchen besser gehe.

»Sein Zustand hat sich stabilisiert«, sagte Midgley.

»Ja, das hat mir die kleine Schlampe auch erzählt. Was weiß die denn schon?« Sie sah ihn an. »Sie sehen ein bißchen abgerissen aus.« Sie stand auf und strich ihren Rock glatt. »Ich bin von Stockport heraufgekommen.« Sie nahm die Nelken aus der Vase und warf sie in den Papierkorb. »Deprimierende Blumen«, sagte sie. »Ich mag lieber Freesien. Ich bin Witwe. Eine reiche Witwe. Sollen wir ein bißchen herumspazieren? Hat ja keinen Sinn, sich hier herumzudrücken.« Sie küßte seinen Vater auf die Stirn. »Seine Lordschaft hat nicht viel zum Gespräch beizutragen. Bis bald, Süßer.«

Sie rauschte durchs Wartezimmer, Midgley im Schlepptau. Tante Kitty stand mit offenem Mund auf und ging ein Stück hinterher, um ihnen im Flur nachzublicken.

»Das ist dann wohl Ihre Tante Kitty, nehme ich an.« Sie sagte es so laut, daß Tante Kitty es hören konnte.

»Ja, das ist sie«, sagte Denis, schaute zurück und lächelte schwach. »Kennen Sie sie?«

»Gott sei Dank nicht. Aber sie kennt mich wahrscheinlich.«

Sie fanden einen Automaten und tranken einen Kaffee. Sie zog einen silbernen Flachmann aus der Handtasche.

»Wollen Sie davon ein bißchen hinein?«

»Nein danke«, sagte Midgley.

»Ich brauche einen Schuß«, sagte sie. »Ich bin selbst von Stockport hier raufgefahren. Ich wollte Ihren Vater heiraten, aber er hat nein gesagt. Ich hatte zuviel Geld. Mein Mann hat mir eine ganze Stange hinterlassen. Er hatte eines der führenden Häuser für Polstermöbel. Frank hätte sich ausgehalten gefühlt, verstehen Sie? Das war ganz und gar typisch für Ihren Vater. Aber Sie wissen ja, wie er war.«

Da war sich Midgley nicht mehr so sicher.

»Wie meinen Sie das?«

»Er mußte immer am Ruder sitzen, unser Frank. Er tat den Leuten einen Gefallen, er gab einen aus, er brachte ein Opfer. Für ihn durfte man nichts tun. Ich habe so viel Geld, und er wollte sich von mir nicht einmal nach Scarborough einladen lassen. Statt dessen haben wir im Roundhay Park herumgesessen. Im Roundhay Park!«

Eine Frau, die lernte, auf Krücken zu gehen, humpelte vorbei.

»Wir hätten nach Teneriffa fliegen können.«

Midgley war froh, daß wenigstens dieser Charakterzug seines Vaters Bestand hatte.

»Ich wollte ihn nicht enttäuschen«, sagte Midgley. »Darum habe ich gewartet. Er will, daß ich ihn enttäusche, das weiß ich.«

»Die Arme«, sagte sie und blickte der Frau hinterher, die sich den Flur entlangmühte.

»Was für eine Frau war Ihre Mutter?«

»Sie war wunderschön«, sagte Midgley.

»Sie hat ihn, glaube ich, richtig verstanden. Sie sieht aus wie eine großartige Frau. Er hat mir Fotos gezeigt.« Sie nahm ihre Schminkdose aus der Tasche und korrigierte ihr Make-up. »Ich gehe noch mal rein und schaue ihn mir an. Dann muß ich zu einer Wohltätigkeitsveranstaltung in Harrogate. Ich konnte mit diesem Ausflug nämlich zwei Fliegen mit einer Klappe schlagen.«

»Deine Mutter war noch kein Jahr tot«, schniefte Tante Kitty. »Ich war schockiert.«

»Ich bin nicht schockiert.«

»Du bist auch ein Mann. Das paßt gar nicht zu deinem Vater. Sie hat ganz schön Nerven, hier aufzutauchen.«

»Ich bin ganz froh darüber«, sagte Midgley.

»Ihr Haar ist gefärbt«, sagte Tante Kitty, aber es war ein letzter verzweifelter Hieb. »Sie verlegen ihn morgen nach unten. Er muß auf dem Wege der Besserung sein.« Ihr Leben verlor seinen dramatischen Aspekt. »Ich hoffe nur, daß er kein hilfloser Pflegefall wird, wenn er wieder zu sich kommt.«

»Ich habe Shirley gesagt, sie soll anrufen, wenn irgendwas passiert«, sagte Valery. »Aber es wird nichts passieren. Seine Lunge hat sich erholt. Sein Herz auch. Er ist bloß noch bewußtlos.«

Midgley putzte sich die Zähne.

»Ich freue mich wirklich darauf, daß er wieder zu sich kommt.« Sie hob die Stimme, um den Wasserhahn zu übertönen. »Ich möchte zu gern wissen, wie sich seine Stimme anhört.«

»Was?« fragte Midgley und drehte den Hahn zu.

»Ich möchte zu gern wissen, wie sich seine Stimme anhört.«

»Oh«, sagte Midgley. »Ja.« Und drehte den Wasserhahn wieder auf.

»Ich glaube, ich weiß schon, wie sie sich anhört«, sagte sie. »Ich möchte es nur gern bestätigt haben.«

»Du scheinst nicht gern über deinen Vater zu reden«, sagte sie etwas später, als sie den Reißverschluß an ihrem Rock öffnete. »Schönes Hemd.«

»Ja«, sagte Midgley. »Es gehört meinem Vater.«

»Es gefällt mir.«

Er ging pinkeln, und während er weg war, nahm sie den Hörer von der Gabel und legte ein Kissen darauf. Als er zurückkam, war sie schon im Bett.

»Hallo«, sagte er, als er ins Bett kroch und sich neben sie legte. »Das ist ja alles ein bißchen albern.«

»Wieso?« fragte sie. »So was passiert doch dauernd.«

»Ja«, sagte Midgley. »Das höre ich auch immer.«

Sie küßten sich.

»Ich hätte so etwas öfter tun sollen.«

»Was?«

»Das hier«, sagte Midgley. »Das wird jetzt meine neue Lebensregel. Ich muß eine Menge aufholen.«

Er schob seine Hand zwischen ihre Beine.

»Grad noch die Kurve gekriegt.«

»So kann man's auch nennen.«

»Ich hoffe, das ist keines von diesen Privatbetten hier«, sagte Midgley. »Dagegen habe ich aus Prinzip was.«

»Du hast mich gar nicht gefragt, ob ich verheiratet bin«, sagte sie.

»Du bist Krankenschwester. Das ist eine eigene Kategorie.« Er schwieg einen Moment. »Bist du verheiratet?«

»Er ist auf einer Bohrinsel.«

»Hoffentlich«, sagte Midgley.

Später rauchte er eine Zigarette, und sie aß ein Stück Kuchen.

»Ich war ganz sicher, daß sie von der Station anrufen würden«, sagte er.

»Nein.« Sie hob das Kissen und legte den Hörer zurück auf die Gabel.

Er runzelte die Stirn. Dann grinste er. »Macht ja nichts«, sagte er.

Sie machten es sich gerade wieder bequem, als das Telefon klingelte. Sie nahm ab.

»Ja«, sagte sie und sah ihn an. »Ja.«

»Was ist los?« fragte Midgley.

Sie legte auf und sah weg.

Er war schon aus dem Bett gesprungen und zog seine Hose an.

»Hatte sie es schon mal versucht?«

Sie drehte sich mit dem Gesicht zur Wand.

»Hatte sie?« Midgley brüllte jetzt. »Hat sie angerufen?«

»Schrei nicht so! Die Nachtschwestern schlafen.«

Am Ende des langen Flurs flogen die Türen auf.

»Es ist wirklich ein Wunder, daß ich noch nicht Mrs. Tunnicliffe besuchen gegangen war«, sagte Tante Kitty. »Sie liegt mit ihrer Hüfte auf Station 7. Wartet seit zwei Jahren auf die Operation. Aber ich weiß auch nicht warum, aus irgendeinem Grund bin ich wieder zurückgegangen. Ich saß hier und las *Woman's Own*, da kommt Joyce hereinmarschiert, und eine Minute später ruft die Schwester nach uns, und er hat die Augen offen! Wir waren also beide da, nicht wahr.«

Mrs. Midgley nickte. Sie standen alle drei neben dem Bett.

»Er sagte bloß, ›Ist unser Denis hier? Ist unser Denis hier?‹«, sagte Tante Kitty, »und ich sagte, ›Er kommt gleich, Frank.‹ Und dann lächelte er ein klein wenig, und dann war es vorbei. Gott segne ihn! Ich war seine einzige Schwester.«

Sein Körper lag flach auf dem Bett, die Augen waren geschlossen, das Laken bis zum Kinn hochgezogen.

»Der Punkt macht etwas anderes, wenn man stirbt«, sagte Tante Kitty und schaute auf den Bildschirm, der jetzt nur noch eine durchgehende Linie zeigte.

»Ich habe natürlich nicht direkt hingeschaut, aber aus dem Augenwinkel habe ich bemerkt, daß er in den letzten Momenten etwas anderes gemacht hat.«

»Ich glaube, er lächelt«, sagte Mrs. Midgley.

»Natürlich lächelt er«, sagte Midgley. Er ging zum Fenster und sah hinaus. »Er hat gewonnen. Siegtreffer in der letzten Minute der Nachspielzeit.«

Mrs. Midgley kam zum Fenster und sagte leise: »Du widerst mich an.«

Eine Krankenschwester kam herein und schaltete den Monitor ab.

Sie gingen hinaus.

»Es ist wirklich zu schade, daß du nicht hier warst, Denis«, sagte Tante Kitty. »Ich meine, im entscheidenden Moment. Du hast dich so gut gehalten. Du warst die ganze Zeit hier, als er im Sterben lag. Was hast du denn gemacht?«

»Gelebt«, sagte Midgley.

»Er hat jetzt jedenfalls seinen Frieden.«

Sie gingen hinaus und holten seine Sachen. Auf dem Weg nach draußen stand ein junger Mann am Telefon. »Es ist ein Junge!« sagte er. »Ein Junge! Ja. Stell dir das mal vor! Ich bin Vater!«

Sie standen auf dem Parkplatz.

»Ich denke, wo wir schon mal hier sind«, sagte Joyce, »können wir auch gleich damit anfangen, seine Sachen durchzusehen.«

Mr. Bennett, sen.

Sonst in jeder Hinsicht ein zurückhaltender Mann, eher ein Mann der Nachhut als Anführer, stand mein Vater immer in vorderster Reihe, wenn es darum ging, seine Frau im Krankenhaus zu besuchen. Kaum erklang die Glocke zum Beginn der Besuchszeit, eilte er vor den anderen den Stationsflur entlang, stets eine Tragetasche oder ein Päckchen in der Hand, in dem sich das Unterhemd befand, das er gewaschen hatte, oder eine Packung Creamline Toffees, die meine Mutter so gern mochte, dazu ein Strauß Ringelblumen aus dem Garten. Selbst wenn er fünfzig Kilometer gefahren war, erschien er pünktlich auf die Sekunde; kein Augenblick der gewährten Zeit sollte ungenutzt verstreichen.

Als ich ihn an den ersten Abenden zum Krankenhaus in Lancaster fuhr, irritierte mich diese zwanghafte Pünktlichkeit, zumal es mir gar keinen Anlaß dafür zu geben schien, da der größte Teil der Besuchszeit in Schweigen verging und Dad bloß neben dem Bett saß und Mam die Hand hielt. Selbst in ihrem Elend schienen die beiden sich selbst so sehr zu genügen, daß ich den Eindruck gewann, er wäre lieber allein gekommen. Sie waren ohne Worte völlig voneinander absorbiert, als würden sie ängstlich um die Gunst des anderen buhlen, und da ich mir überflüssig vorkam, ließ ich sie allein, durchstreifte mürrisch das Krankenhaus oder das umgebende Gelände und dachte mir, es sei schon schlimm genug, eine geistig verwirrte Mutter zu haben, doch eigentlich war ich nicht ihretwegen hier, sondern weil ich als einziger Mensch meiner Altersgruppe einen fahruntüchtigen Vater hatte.

Er hatte mindestens zwei Versuche unternommen. Zwanzig Jahre zuvor, Ende der Vierziger, als er seine erste eigene Fleischerei aufmachte, hatte er in ein gebrauchtes Motorrad mit Seitenwagen investiert; es handelte sich allerdings nicht so sehr um einen Seitenwagen, eher um eine sargähnliche Kiste, die Dad, der nichts lieber tat als den Pinsel zu schwingen, sofort grün anstrich. Theoretisch wollte er mit diesem heruntergekommenen Gefährt Bestellungen an Kunden in Far Headingley, Cookridge und West Park ausliefern. Praktisch kam es vielleicht auch ein oder zwei Mal dazu, doch da man bei Lieferfahrten des öfteren anhalten und wieder starten mußte und da Starten nicht gerade zu den Stärken des Motorrades gehörte, wurde das Transportmittel nicht regelmäßig eingesetzt und konnte das Lieferfahrrad mit dem Korb (W. Bennett, Erstklassige Fleischwaren) nicht verdrängen, mit dem »Der Bursche« mühevoll die Seitenstraßen und Zufahrten der nördlichen Vorstädte von Leeds hinaufstrampelte.

Ich vermute, das Motorrad wurde als eine Art Fluchtmittel angeschafft, auf dem man am Wochenende womöglich kleine »Touren« unternehmen konnte oder auch abendliche Rundfahrten durch die Gassen von Adel, Eccup oder Arthington. Im Rückblick ist es nur schwer vorstellbar, daß meine Mutter sich überreden ließ, auf dem Soziussitz Platz zu nehmen, doch obwohl nie besonders begeistert (»ist mir zu zugig«), war sie damals wohl noch gewillt, es auszuprobieren. Wären Sturzhelme schon vorgeschrieben gewesen, hätte das die Frage sicher früh entschieden, denn ich kann mir kaum vorstellen, daß einer von beiden sich in so etwas gezwängt hätte. So jedoch trug Mam ihren üblichen Aufzug (»mein kleiner Hängermantel und dieses Turban-Dings«) und Dad den Regenmantel mit Filzhut, denn mit jeglicher Anpassung an die Anforderungen des Transportmittels hätten sie sich nach ihrem Gefühl als jemand ausgegeben, der sie nicht waren ... und ganz bestimmt waren sie keine Motorradfahrer. Manchmal drehten wir sogar alle vier eine Runde mit dem Fahrzeug, wobei Gordon und ich auf einem zusammengefalteten alten Vorhang in der Seitenkiste lagen.

Dad hatte es nie bis zur Führerscheinprüfung gebracht und fuhr mit den obligatorischen Anfängerschildern – dem großen roten L. Helme waren zwar noch nicht Pflicht, aber immerhin war es einem noch übenden Fahrer verboten, andere Fahrgäste zu befördern. Auf einem unserer wenigen Ausflüge mit der ganzen Familie wurden wir also von einem besonders aufgeblasenen örtlichen Polizisten angehalten, Constable Brownlow, der Dad einen langen Vortrag über die betreffenden gesetzlichen Regelungen hielt; Mam saß wahrscheinlich die ganze Zeit auf dem Sozius, umklammerte ihre unvermeidliche Handtasche und war angesichts dieser öffentlichen Erniedrigung wie vom Donner gerührt, zumal sie sich in einer besseren Gegend abspielte, in Adel nämlich.

Nachdem er seine Vorlesung zur Straßenverkehrsordnung beendet hatte, steckte Constable Brownlow sein Schreibgerät weg und richtete seinen Umhang, aber so umständlich, daß mein Bruder und ich annahmen, er sei abgezogen, die Klappe unserer Kiste aufstießen und unser Versteck preisgaben – womit wir einen weiteren Sermon auslösten. Dad wurde angewiesen, allein nach Hause zu fahren, während Mam, mein Bruder und ich zur Endstation der Straßenbahn in Lawnswood zurückstiefelten, alle drei überzeugt, daß die Tage des Kraftrades nun gezählt waren.

Auch wenn sie sofort in die Liste der »Marotten eures Vaters« (Laubsägearbeiten, Angeln, selbstgebrautes Bier) aufgenommen wurde, die Idee eines Motorrades lebte noch ein Weilchen fort, verglühte langsam über den Zwischenschritt einer weiteren kurzlebigen Investition in den sogenannten Cyclemaster, einen Hilfsmotor, der am Hinterrad eines Fahrrades angebracht wurde und sich bei Steigungen unterstützend einschaltete. Oder auch nicht, wie sich oft genug herausstellte, und so endete er wie die Laubsäge und der Kontrabaß in der Spalte ›Vermischtes‹ auf der Kleinanzeigenseite der *Yorkshire Evening Post*. Danach hielten sie sich ans Busfahren.

Erst zwanzig Jahre später, als Dad bereits über sechzig war und meine Eltern wußten, daß sie bald aus Leeds wegziehen würden, nahm Dad Fahrstunden und machte in Harrogate die Führerscheinprüfung. Von jeher ein rücksichtsvoller Mensch, hatte er es sich in den Kopf gesetzt, daß Höflichkeit anderen Kraftfahrern gegenüber mindestens ebenso wichtig war wie die Einhaltung der grundlegenden Verkehrsregeln. Das führte dazu, daß er beim Anfahren eines der zahlreichen, kompliziert angelegten Kreisel so sehr darauf bedacht war, dem Fahrer, der ihm (aus reiner Vorsicht, nehme ich an) Vorfahrt gewährt hatte, mit erhobener Hand zu danken, daß er die Blumenuhr in der Mitte in falscher Richtung umrundete und sofort durchgefallen war.

Harrogate war immer einer der liebsten Orte meiner Eltern gewesen, doch die Erinnerung an diese Demütigung saß so tief, daß sie kaum noch hinfuhren, und als er schließlich weitere Fahrstunden nahm, tat er es heimlich in Skipton. Am Abend nach seiner Fahrprüfung rief er mich in London an, doch jede Prahlerei war ihm so fremd, daß es eine Weile dauerte, bis er sie überhaupt erwähnte. »Ich bin heute nachmittag mit deiner Mutter im Auto ausgefahren.« »Ach, das ist ja nett«, sagte ich, denn mir war die Anspielung entgangen. »Ich dachte, wir machen mal eine kleine Tour. Ich habe den Führerschein gemacht.« Für ihn war das so, als sei er endlich Mitglied der menschlichen Rasse geworden. Ich glaube, nichts, was er je vollbracht hatte, erfüllte ihn mit solcher Befriedigung oder machte ihn in seinen Augen so sehr zum Mann.

Sein erstes und einziges Auto war ein hellbrauner Mini, der ihrer beider Leben veränderte, der Warterei an Bushaltestellen ein Ende setzte und ihnen die Freiheit schenkte, das Umland zu erkunden und Orte zu besichtigen, von denen sie bis dahin nur gelesen hatten. Er veränderte auch mein Leben, allerdings auf eine Weise, die ihnen weniger recht war. Bis dahin war ich im Grunde regelmäßig in den Norden gereist, um sie herumzuchauffieren und ihnen ein bißchen Tapetenwechsel zu verschaffen. Nun blieb ich immer länger in London und sah sie viel seltener.

Es bedeutete auch, daß ich nicht mehr so dringend nach Hause eilen mußte, wenn Dad anrief und sagte, »Ich glaube, bei deiner Mutter geht wieder eine von diesen Depressionssachen los.« Er brauchte mich nicht mehr für die insgesamt achtzig Kilometer zum Krankenhaus und zurück. Er kam jetzt allein zurecht, und das, obgleich Mam bisweilen fünf oder sechs Wochen am Stück im Krankenhaus verbrachte. Das lag in Airedale, in der Nähe von Keighley, was zwar weiter entfernt war als Lancaster, aber moderner und besser ausgestattet. Er fuhr jeden Tag hin, ohne auch nur einen Gedanken an etwas anderes zu verschwenden, das er statt dessen hätte tun können, und so waren es sein Pflichtbewußtsein und seine Gewissenhaftigkeit, die ihn schließlich umbrachten.

Was meinen Vater, von der Liebe mal abgesehen, dazu trieb, jeden Tag achtzig Kilometer für den Besuch bei seiner Frau im Krankenhaus zu fahren, war vor allem seine Überzeugung, daß niemand sie so kannte wie er, und daß er, sollte sie sich wieder dem rettenden Ufer geistiger Gesundheit nähern, dort sein müsse; wenn sie ihn wiederfand, würde sie sich selbst finden.

Jahre später verwandte ich das in meinem einzigen Theaterstück über Wahnsinn, in dem die Königin Charlotte ihrem Gemahl George III. ebenso treu ergeben ist wie mein Vater meiner Mutter.

»Mit den Ärzten ist es immer dasselbe«, sagt die Königin. »Keiner von ihnen kennt ihn. Er ist nicht er selbst. Wie können sie ihn also dazu bringen, wieder er selbst zu sein, wenn sie gar nicht wissen, wer er selbst ist?«

Wie konnte irgendein Arzt ahnen, wenn er diese trübsinnige, tränenüberströmte Frau sah, daß sie normalerweise liebevoll, lustig und lebensfroh war? Dad wußte es und spürte, wenn sie aus diesem schrecklichen Traum erwachte, mußte er da sein, um sie willkommen zu heißen und ihr zu versichern, daß sie zu sich selbst gefunden hatte.

Zusammen zockelten sie also durch die langen, planmäßig angelegten Krankenhausflure, die an diesen Augustnachmittagen menschenleer waren – der Sommer war immer Mams schlimmste Zeit; sie saßen neben den ungejäteten Rabatten und beobachteten den Verkehr auf dem Parkplatz, tranken eine Tasse Tee aus der Thermoskanne, die er mitgebracht, aßen ein Stück von dem Kuchen, den er gebacken hatte. »Ich glaube, sie erholt sich langsam ein bißchen«, sagte er dann am Telefon. »Sie haben gesagt, nächste Woche kann ich eine kleine Tour mit ihr machen.«

Das Krankenhaus, in dem sie am häufigsten lag, war von John Poulson entworfen worden, dem korrupten Architekten, der es in den Sechzigern durch krumme Geschäfte mit Stadträten zu einem Vermögen gebracht hatte. Das Krankenhaus war zwar architektonisch nichtssagend und baulich bedenklich – es hieß, es rutsche langsam aber sicher den Abhang hinab –, aber dennoch um Längen besser als das ehemalige Arbeitshaus in Lancaster oder das alte St. James in Leeds, wo Dad selbst beinahe verreckt wäre. »Wenn Mr. Poulson im Leben ein gutes Werk getan hat«, pflegte er zu sagen, wenn Mam auf dem aufsteigenden Ast war, »dann war es dieses Krankenhaus. Eine großartige Einrichtung.« Und tatsächlich, so gesichtslos es auch war, war es doch hell, luftig, heiter und in kleine, überschaubare Einheiten aufgeteilt. Der Nachteil war, daß diese Einheiten, obwohl farblich markiert, alle mehr oder weniger identisch aussahen. Das konnte schon klare Geister durcheinander bringen, doch für bereits verwirrte Patienten, wie die auf der psychiatrischen Station, war es doppelt verstörend. Die Psychiatrie war nicht weit von der Entbindungsstation, und das führte dazu, daß die aus dem Gleichgewicht geratenen Seelen in eine Station spazierten, die aussah wie die ihre, und dort das Bett, das sie für ihr eigenes hielten, belegt zu finden von »einer dieser Schulhofmütter«, wie meine Mutter sich ausdrückte. »Sah nicht älter als vierzehn aus.« Ihre Sprache und ihr Humor fanden sich unversehrt dort wieder, wo sie beide Monate vorher zurückgelassen hatte. »Heute nachmittag hat sie angefangen zu lachen«, sagte Dad. »Sie lassen sie übers Wochenende nach Hause kommen.«

Zu Beginn ihrer ersten depressiven Phase, kurz nachdem sie von Lancaster Moor in eine kleinere, weniger furchteinflößende Einrichtung in Wharfedale bei Burley verlegt worden war, bekam meine Mutter Elektroschocktherapie. Wir hielten EST damals weder für besonders invasiv noch für einen schweren Eingriff in die Persönlichkeitsstruktur, und ich finde das auch heute, über dreißig Jahre später noch nicht, obwohl EST inzwischen noch umstrittener und gewissermaßen diskreditiert ist. Ich betrachtete und betrachte die Behandlung nicht als Folter oder Strafe, und sie wurde nicht rascher verordnet oder rücksichtsloser angewandt als jede andere Therapie, auch wenn so die Vorwürfe lauteten und immer noch lauten. Was meine Mutter betrifft, so hatte die Prozedur keinerlei Schrecken für sie, und sie sprach darüber mit neugierigem Interesse, aber ohne Angst.

Das war die Zeit, als R. D. Laing der angesagte Analytiker und Wahnsinn zwar nicht gerade in Mode, zumindest aber eine alternative Sichtweise der Dinge war, grob gesagt, die Verrückten als die wahrhaft Normalen galten. Praktisch gesprochen (auch wenn es nie besonders praktisch klang) bestand die Aufklärung darin, die geistig Kranken zu ermutigen, sich an ihrer Depression, ihrer Schizophrenie oder was auch immer abzuarbeiten, bis sie ein neues Gleichgewicht, ein verbessertes Selbstgefühl erreicht hatten; der extremste und am häufigsten zitierte Fall war der von Mary Barnes, die auf dem Weg zur veränderten Selbstsicht eine Phase durchmachte, in der sie die Wände mit Exkrementen beschmierte. Ich war damals der Ansicht, dem durchschnittlichen Patienten stehe dieser Weg nicht offen, noch viel weniger den armen Krankenschwestern oder Verwandten, die letztlich den Dreck wegmachen mußten, aber das schien in der Diskussion keine Rolle zu spielen.

Als ich etwa zur gleichen Zeit ins längst verschwundene Academy Cinema in der Oxford Street ging, um Ken Loachs Film *Family Life* zu sehen, unterschieden sich meine Sympathien ebenso grundlegend von denen des übrigen Publikums. Es ist ein Film über Geisteskrankheit, und darin verschreibt ein Arzt einer Patientin EST, worauf das gesamte Saalpublikum den angeblichen Übeltäter mit haßerfülltem Zischen bedachte. Ich konnte der allgemeinen Empörung nicht beipflichten und fühlte mich ziemlich außen vor. Was tut man angesichts eines geliebten Menschen, der stumm vor Elend und gelähmt vor Verzweiflung und Depression ist? Den Arzt auszuzischen, schien mir jedenfalls keine Lösung, also verließ ich das Kino (was auch keine Lösung war).

Von Elektroschocks mal ganz abgesehen, war und ist ein großer Teil der Literatur zu geistigen und seelischen Erkrankungen noch in anderer Hinsicht ärgerlich. Was seelische Erkrankungen angeht, gibt es eine Art Snobismus, die meines Erachtens mit Freud beginnt. Mit Sicherheit traf man in seinem Sprechzimmer kaum auf einfache Leute, was aber einfach auf sozialen Snobismus zurückzuführen ist. Wie die meisten Autoren, die sich zum Thema äußerten, beschäftigt er sich mit Intellektuellen und Außenseitern, so daß viele seiner bekannten Fallstudien an Monstrositätenkabinette erinnern und nirgendwo von Linderung der Leiden die Rede ist.

Depression ist die häufigste geistige Erkrankung, gilt jedoch nicht als solche und darf auch nicht so bezeichnet werden, vielleicht, weil sie alltäglich und relativ unspektakulär ist; vielleicht aber auch, weil Depressionen so verbreitet sind und man einer Stigmatisierung entgeht, wenn man sie nicht als Geisteskrankheit qualifiziert. Wer jedoch darunter leidet, wird das so wenig Ungewöhnliche seines Zustands heftig bedauern, denn ein vor Verzweiflung gelähmter Patient ist so normal, daß ein anständiger Arzt kaum Zeit auf ihn verschwendet.

Nichts enthebt uns der Pflicht, unsere Mitmenschen zu unterhalten. Wir dürfen nicht langweilen. Und da dem Spezialisten die meisten Befunde schon bald nichts Spannendes mehr bieten, sollte man sich, wenn man schon krank werden muß, zumindest eine seltene Form aussuchen. Wenn Sie das Interesse eines Arztes wecken wollen, sollten Sie nicht bloß kein Licht mehr am Ende des Tunnels sehen; das kann jeder. Besser, Sie verwechseln ihre Frau mit einem Hut, und schon wird der Doktor nicht mehr von Ihrem Bett weichen.

Ich will ihnen nicht Unrecht tun: Laing und seine Anhänger waren nicht solche medizinischen Snobs, doch sie beschäftigten sich nur selten mit der Wirkung, die eine Erkrankung wie Depression auf die anderen Familienmitglieder hat, in diesem Fall auf meinen Vater. Ganz im Gegenteil wurde vielmehr die Wirkung der Familie auf den Patienten eingehend diskutiert, und eine der zentralen Thesen in Laings Schriften lautete, daß Ursache von und Schuld an Geisteskrankheit im allgemeinen bei der Familie lagen. Im dicht gefüllten familiären Rahmen waren es Liebe oder zumindest Beziehungen, welche die Schwachen und Leidenden einengten und verbogen, und seelische Gesundheit ließ sich nur erreichen, indem man beispielsweise Schizophrenie als rationale Reaktion auf die durch andere Familienmitglieder ausgeübten Zwänge erklärte. Am Ende dieser Erklärungen stand die Familie unweigerlich wenn schon nicht unter Anklage, dann doch zumindest ein wenig betreten da.

Doch nichts von dem, was ich las oder sah, ähnelte unserer Familiensituation, wo eine geliebte Person plötzlich verschwand, ihre normale Persönlichkeit durch völligen Nervenzusammenbruch ausgelöscht wurde. Bei Laing und bei Thomas Szasz wurde familiäre Liebe stets als rigide und repressiv charakterisiert, Zuneigung wurde im Tauschhandel gegen gutes Benehmen gewährt. Das schien mir mit den Gefühlen meines Vaters für meine Mutter nur wenig zu tun zu haben, denn auch wenn er ihre Fehler nicht ignorierte, war er ihr doch so selbstlos zugetan wie nur möglich. Ich konnte keinen Handel erkennen, nur Kummer und Verlust auf beiden Seiten. In den Büchern war davon die Rede, wie die Familie den Zusammenbruch aufarbeitete und zu einem neuen gegenseitigen Verständnis gelangte, doch wenn beide Betroffenen schon Mitte Sechzig waren, schien es dafür ein bißchen spät. Mam und Dad wollten nur, daß alles wieder so wurde wie vorher, und wenn Elektroschocks den direkten Weg dorthin versprachen, dann wollten sie ihn nehmen.

Man sagte uns, daß Mam nach ein paar EST-Behandlungen eher wieder sie selbst sein würde, und zwar mit jeder Behandlung etwas mehr. Tatsächlich waren die Fortschritte noch viel dramatischer: Nachdem sie am Vormittag die ersten Elektroschocks bekommen hatte, ging sie am Nachmittag spazieren und unterhielt sich mit meinem Vater, wie sie es seit Monaten nicht getan hatte. Er betrachtete das als Wunder, ich im übrigen auch, ebenso wie das Fehlen trübsinniger Resignation in seiner Stimme, als ich mit ihm telefonierte, und die Rückkehr seiner alten Heiterkeit.

Die folgenden Behandlungen festigten die Besserung, und bald war sie wieder ganz die Alte, vielleicht ein wenig verwirrt, welch schrecklicher Heimsuchung sie zum Opfer gefallen war, warum und wie lange, aber dies und andere Verluste des Kurzzeitgedächtnisses ließen sich auf die Therapie zurückführen. Jetzt konnte sie zum ersten Mal probeweise übers Wochenende in ihr Häuschen zurückkehren und rief mich sofort an, sprudelte über vor Begeisterung angesichts der entzückenden Umgebung, des hübschen Dorfes und vor allem der allgemeinen Sauberkeit.

Ihr ganzes Leben hatte meine Mutter Krieg gegen den Schmutz geführt, wie jede gewissenhafte Hausfrau, die in einer der Industriestädte des West Riding von Yorkshire lebte. Wenn man nach Halifax fuhr, wo sie geboren war, kam es einem vor wie der Abstieg in den Höllenschlund, pflegte mein Vater zu sagen, denn der Talgrund war durch den Schleier aus Ruß und Rauch nicht zu sehen. In Leeds war es kaum besser, und Armley, unser erstes Wohnviertel, wurde vom Kraftwerk in Kirkstall ständig mit feinem Staub berieselt.

Der Feldzug gegen diesen Schmutz verlangte nach einem vielgestaltigen Waffenarsenal, bestehend aus Teppichkehrern, Staubsaugern, Mangeln, Wäschestampfern und Wischmops in täglichem, ermüdendem Gebrauch. Dinge, die man auch heute noch kennt, weil sie in Trödelläden verkauft werden, denn jeder Gegenstand wird mit der Zeit zum Sammelobjekt. Neben diesen Hilfsgeräten hielt meine Mutter eine Unzahl penibel kategorisierter Wischlappen, Eimer und Staubtücher vor, deren minimal unterschiedliche Nutzungsarten sie allein überblickte. Manche Lappen waren zum Abwaschen, aber nicht für den Spülstein; manche für den Spülstein, aber nicht für den Boden. Es gab Schmutzeimer und saubere Eimer, Eimer für drinnen und Eimer für die Steinplatten draußen. Ein Mop wurde überall verwendet, ein anderer nur zu einem einzigen furchtbaren Zweck und hing daher draußen an der Wand. Und wie gründlich man diese Utensilien auch abspülte und auswusch, sie blieben von ihren schrecklichen Anwendungen verunreinigt.

In meinem Fernsehspiel *Afternoon Off* besucht ein Mann seine Frau im Krankenhaus.

MRS. BEEVERS: Bestimmt steht zu Hause alles auf dem Kopf.

MR. BEEVERS: Nein, ganz und gar nicht. Heute morgen habe ich die Küche gewischt.

MRS. BEEVERS: Und welchen Eimer hast du genommen?

MR. BEEVERS: Den roten.

MRS. BEEVERS: Der ist für draußen! Jetzt muß ich alles nochmal wischen. Männer machen nichts als Arbeit.

Auf sich gestellt, brach Dad wie der arglose Mr. Beevers sämtliche Tabus und nahm die erstbesten Hilfsmittel, um Herd oder Fußboden zu reinigen.

»Ist doch alles das gleiche«, murmelte er dann, doch er wußte auch, wenn Mam da war, sparte man Zeit und Nerven, indem man sich an ihre Ordnung hielt.

In letzter Zeit hatten Wegwerflappen und Küchenrollen die althergebrachten Trennlinien verwischt, doch die grundlegende Struktur blieb die gleiche, womöglich der stabilste Teil in Mams Weltgerüst.

Wenn die Depressionen kamen, war der Zusammenbruch dieser Ordnung eines der ersten Symptome. Sie war nicht mehr in der Lage, das Haus selbst in Schuß zu halten, und stand nur noch daneben, während Dad ihre Pflichten übernahm. Doch so viel er auch putzte und aufräumte, es stand immer noch »alles auf dem Kopf«, die Flut aus Staub und Schmutz ließ sich nicht eindämmen, das Haus war von Dreck und Chaos bedroht, über die (eingebildete) Schlamperei zogen schon die Nachbarn her. Als sie nun also frohgemut und genesen aus dem Krankenhaus entlassen wurde, war ihre erste Bemerkung, wie blitzblank alles wirkte. Nicht nur das Haus: alles kam ihr frisch und neu vor. Sie hatte das Gefühl, die ganze Welt und ihre eigene Existenz seien gründlich durchgespült worden.

Aber das hielt nicht an.

»Ich weiß gar nicht, was ich verbrochen habe.«

»Du hast nichts verbrochen.«

»Warum schreist du mich dann an?«

»Damit du es in deinen Kopf kriegst.«

»Aber die Leute hören das.«

»Wer denn? Hier ist niemand.«

»Und was macht dann dieses kleine Auto da?«

»Es amüsiert sich. Führt ein ganz normales Leben. So wie wir früher auch.«

In den acht Jahren zwischen der ersten Depression meiner Mutter und dem Tod meines Vaters im Jahr 1974 gab es ein halbes Dutzend solcher Phasen, die alle auf das hinausliefen, was Dad »die Krankenhaussache« nannte. In der Hälfte der Fälle bekam sie EST, sonst nur Antidepressiva.

Sie erholte sich nie wieder so schlagartig wie beim ersten Mal. Vielleicht gewöhnten wir uns auch nur an die Abfolge, aber es wurde jedenfalls mit jedem Rückfall klarer, daß ihre Erkrankung nie ganz geheilt werden würde und daß selbst in ihren heitersten Momenten die Gefahr eines neuerlichen Niedergangs bestand.

Doch es gab auch lange Zeiten des Wohlbefindens, Monate, sogar Jahre, in denen sie ganz sie selbst und fröhlich wie früher war, auch wenn Dad inzwischen ständig auf verräterische Signale achtete und sie von allem fernzuhalten versuchte, was sie verstören könnte. Eines Abends schauten wir uns zusammen Jeremy Sandfords Fernsehfilm *Edna, the Inebriate Woman* an. Seine ausführliche Darstellung des irrationalen Verhaltens einer Alkoholikerin hatte zwar nichts mit Mams depressiven Zuständen zu tun, und eine Verbindung zwischen beiden wäre mir nie in den Sinn gekommen, aber als sie kurz draußen war, schaltete Dad still den Fernseher aus.

»Ach, sehen wir das nicht weiter?« fragte Mam, als sie zurückkam.

»Na ja«, sagte Dad, »es war ein bißchen weit hergeholt. Die Hälfte von dem, was im Fernsehen kommt, kann man einfach nicht glauben.«

Die Art ihrer Krankheit war immer Anlaß zur Scham, auch wenn meine Mutter sie im gesunden Zustand überwinden oder zumindest über sie hinwegsehen konnte. Doch wenn ihre Stimmung wieder zu sinken begann, wurden ihre Schuldgefühle zur Last und kündigten den Rückfall in die Depression an, aus der sie sich herleiteten. Unsicherheit bis hin zur Scham war in einer so kleinen Gemeinde nachvollziehbar, doch je länger meine Eltern in dem Dorf lebten, desto deutlicher merkte ich, daß meine Mutter mit ihrem Zustand kein Einzelfall war. Mehrere ältere Frauen litten in unterschiedlichen Graden an den gleichen Symptomen: eine stapfte jeden Nachmittag schweigend durchs Dorf, eine andere huschte ängstlich ins Haus ihrer freundlichen Nachbarin, beide litten an dem, was man damals noch »Nervenschwäche« nannte – ein Zustand, der in der Großstadt meist unbemerkt bleibt, in kleineren Gemeinschaften jedoch nicht übersehen werden kann.

»Ich habe Mrs. Bennett länger nicht mehr gesehen. Wie geht es ihr denn?«

Doch nach einer Weile begriffen die Leute, daß es besser war, nicht zu fragen. Es gab zwar Selbsthilfegruppen für sichtbare Krankheiten wie Multiple Sklerose oder Muskeldystrophie, aber keine für Depressionen. Und wie auch? Wer darunter litt, war nicht in der Lage, solche Treffen aufzusuchen.

Indem ich selbst wenig darüber sprach, wenn es ihr schlechter ging, teilte ich ihre Scham, doch alles andere wäre auch ungehörig gewesen, denn selbst bei bester Gesundheit war Mam stets darauf bedacht, »was wohl die Leute sagen«, und zwar zu jedem Aspekt unseres Lebens. Wenn sie jedoch erst im Krankenhaus lag, half keine Verstellung mehr, denn man sah Dad jeden Tag um Punkt eins losfahren und um Punkt sechs zurückkommen, Tag für Tag für Tag.

Als Mam zum ersten Mal krank wurde, wünschte ich mir, den beiden wäre die Bildung zuteil geworden, nach der sie sich immer gesehnt hatten, denn ich hatte den womöglich snobistischen Eindruck, daß seelische Erkrankungen besser zu gebildeten oder sozial besser gestellten Menschen passten. Eine alberne Annahme, noch dazu statistisch unbegründet, was ich damals auch sicher schon wußte, doch mein Gefühl blieb davon unbeeindruckt. Bildung hätte ihnen zumindest eine bessere Einsicht in ihre Lage verschafft, ihre Unsicherheit und Verlegenheit gemindert, die sogar ich selbst spürte, wenn auch nur im Dorf; im Kreise meiner Freunde machte ich kein Geheimnis aus der Sache. Doch wenn schon nichts anderes, so ließen mich schließlich die Depressionen meiner Mutter und die damit einhergehenden Heimlichkeiten und Ausflüchte die Scham besser verstehen, die mit dem Ertrinken meines Großvaters einherging, und ich begriff, warum über dieses Ereignis so lange nicht gesprochen worden war.

Mein Vater trug an jedem Tag seines Lebens einen Anzug. Er besaß zwei, »meinen Anzug« und »meinen anderen Anzug«, wobei »mein Anzug« derjenige war, den er täglich trug, »mein anderer Anzug« sein guter. Wenn er – selten genug – Geld für einen neuen Anzug ausgab, rückten die anderen einen Platz auf: »mein anderer Anzug« wurde »mein Anzug«, der neue wurde »mein anderer Anzug«, und der alte wurde nur noch zum Anstreichen oder zur Arbeit im Geschäft getragen. Es waren dreiteilige Anzüge, normalerweise dunkelblau, und er trug dazu immer schwarze Schuhe, Schlips und Kragen. Das klingt, als sei er sehr formell, wie ein Buchhalter gekleidet gewesen, aber den Eindruck machte er nicht, weil es ihm nie gelang, ordentlich auszusehen. Die Weste war meist aufgeknöpft, so daß man seine Hosenträger sah, die Ärmel aufgekrempelt, und als er noch selbst schlachtete, roch der Anzug nach Fleisch, die Hosen, vor allem die Umschläge, hatten das Fett vom Fußboden aufgesogen. Er hatte nie einen richtigen Mantel, bloß eine Reihe hellbrauner oder dunkelgrüner Regenmäntel aus Gabardine, und er trug immer einen dunkelgrünen Filzhut.

Mein Vater muß immer schon konservativ gewesen sein, was Kleidung anbelangt. Es gibt Fotos von ihm als junger Mann, wie er in den zwanziger Jahren im Liegestuhl am Strand sitzt: er trägt einen dreiteiligen Anzug mit Fliege und Stehkragen, sogar eine Melone, und das einzige Zugeständnis an die Urlaubsstimmung sind seine bloßen Füße. Das Rentenalter, das ja oft modische Nachlässigkeiten gestattet, änderte nichts an seiner Kleiderordnung, es blieb bei Anzug und anderem Anzug. Jedenfalls beinahe.

Nachdem er Autofahren gelernt hatte, holten meine Eltern mich manchmal in Lancaster vom Bahnhof ab. Als ich mich dort eines Tages im Jahr 1970 mit ihnen traf, überquerte ich die Überführung und sah meine Mutter mit einem Fremden an der Sperre warten, jemand in einem graukarierten Sakko über einem zweifarbigen Pullover, einer braunen Hose und Schuhen, die man wohl als Slipper bezeichnet. Ich war zutiefst schockiert. Dad in Freizeitkleidung – einziges Überbleibsel des Mannes, der er einst gewesen, war der grüne Filzhut.

»Was hältst du von Dads neuer Ausstattung?« erkundigte sich Mam, als wir nach Hause fuhren. Nicht viel, ehrlich gesagt, aber das ließ ich mir nicht anmerken, und weil Dad auch nicht viel sagte, schloß ich, daß es Mams Idee gewesen war. In dieser Annahme bestärkte mich die kurze Dauer des Experiments; bald schon wurden das Sportsakko und die braune Hose zur Gartenuniform degradiert, und wir kehrten zum alten Regime von »mein Anzug« und »mein anderer Anzug« zurück.

Dads kurzer Ausflug in die Welt der Freizeitkleidung war kein Einzelfall, sondern Teil eines Prozesses (Mam hätte es sicher gern als ein Programm angesehen), das sich »die Fühler ausstrecken« nannte. Zweck der Übung war es, mehr so zu werden wie andere Leute, oder wie Mam sich andere Leute vorstellte – ein Bild, das sie zunächst aus Frauenzeitschriften und später aus dem Fernsehen gewann. Die Welt der morgendlichen Kaffeerunden, der Blumenarrangements und Gabelfrühstücke, der Einladungen zum Drink war nie die meiner Eltern gewesen. Jetzt, da es ihr wieder besser ging und Dad Autofahren konnte, erwachte Mams lang verschütteter, bescheidener gesellschaftlicher Ehrgeiz wieder, und sie freundete sich mit der Möglichkeit an, »ein bißchen mehr so zu sein wie die anderen Leute«. Über den Status der Möglichkeit ging es nicht hinaus, und zu Dads großer Erleichterung blieb es auch dabei.

»Es liegt an deinem Vater«, klagte Mam. »Er ist einfach nicht gesellig. Ich wäre es ja gern, aber er will nicht.«

Es hatte keinen Sinn, ihr zu erklären, daß die Veranstaltungen, von denen sie in *Homes and Gardens* las, auch nicht das waren, was sie versprachen, oder daß sie, wenn sie denn unter Leute käme, von der Gesellschaft überfordert wäre. Andere Leute machen es doch auch, wieso können wir nicht?

Alkohol hätte geholfen, aber meine Eltern waren beide Abstinenzler, allerdings eher aus Geschmacksgründen denn aus Überzeugung. Was meine Mutter anging, so hatte Alkohol für sie ein gewisses romantisches Flair, was zum Teil wiederum an den Cocktailpartys lag, über die sie in ihren Frauenzeitschriften las. Sie war nie bei einer solchen gewesen, hatte natürlich erst recht keine gegeben, was auch erklärt, warum sie das Wort selbst nie richtig aussprach und regelmäßig auf der zweiten Silbe betonte – Cocktail. Ich bin sicher, sie hatte keine Ahnung, was ein Cocktail eigentlich war. Der Fernsehmoderator Russell Harty erzählte gern, daß er als Student in Oxford einmal Vivien Leigh auf einen Drink zu sich eingeladen und daß sie nach einem Pink Gin verlangt habe. Da er nur normalen durchsichtigen hatte, schickte er einen Freund zum nächsten Spirituosenladen, um die rosafarbene Sorte zu besorgen. Mam hätte den Witz überhaupt nicht verstanden, und hätte sie je eine Cocktailparty geben müssen, so hätte sie wahrscheinlich versucht, eine Flasche Cocktails zu kaufen.

Dem Alkoholgenuß am nächsten kamen meine Eltern beim Heiligen Abendmahl, seine Wirkung überschätzten sie indes völlig. Wie schlecht das Wetter auch sein mochte, Dad fuhr nie mit dem Auto zur Kirche, weil Mam fürchtete, der Genuß des Sakraments könnte ihn für den Rückweg fahruntüchtig machen.

Sie begriffen jedoch, daß Sherry ein gesellschaftlich akzeptables Getränk war. Nachdem sie also im Dorf heimisch geworden waren, schafften sie sich eine ganze Flasche an – der erste Schritt der Kampagne »Fühler ausstrecken«.

»Dein Vater und ich werden jetzt geselliger«, schrieb meine Mutter. »Wir haben uns schon Sherry besorgt und auch ein paar Erdnüsse.«

Da sie die geheimnisvolle Flüssigkeit jedoch nie selbst probierten, fehlte ihnen auch das Gespür dafür, wann man sie trinken konnte, und so schenkten sie zu jeder Tageszeit davon ein. Der Vikar, der die kirchlichen Spendenumschläge verteilte, war also ziemlich verdutzt, als man ihm morgens um zehn einen süßen Sherry anbot. Sie blieben natürlich bei ihrem Tee; oder, wenn sie sich anpassen wollten, beim Fruchtsaft.

»Ach nein«, sagte Mam resigniert, »das ist einfach nichts für uns. Unsere Kathleen hat immer Sherry in den Trifle getan, und ich habe davon immer Sodbrennen gekriegt.«

Als sie ein andermal tatsächlich zu einem Umtrunk eingeladen und mit großer Besorgnis hingegangen waren, rief meine Mutter hinterher aufgeregt an.

»Dein Vater und ich haben endlich ein alkoholisches Getränk entdeckt, das wir beide gern mögen. Es heißt Bitter Lemon.«

Es waren nicht allein die Getränke auf den Cocktailpartys, die meine Mutter vor Rätsel stellten, sondern auch das dort gereichte Essen – Cocktailhäppchen, Käsewürfel mit Ananasstückchen, Würstchenspieße – was man heutzutage Snacks nennen würde. Würstchen waren in unserem Haus nicht unbekannt: schließlich war mein Vater Schlachter gewesen, so etwas kannten wir bestens. Aber man mußte das Würstchen bloß auf einen Spieß stecken, schon wurde es für meine Mutter zum Symbol unerreichbarer Kultiviertheit.

Bei solchen Anschauungen überrascht es kaum, daß ihnen gesellschaftliche Ereignisse fremd blieben, daß sie nie ein Leben führten wie in den Zeitschriften meiner Mutter. Wie die meisten ihrer eingebildeten Unzulänglichkeiten führten sie das auf ihre fehlende Bildung zurück, die der Schlüssel zu allem schien, was ihnen fehlte: Selbstbewußtsein, Ungezwungenheit und vor allem die Fähigkeit, so zu sein wie andere Leute. Jede Familie hat ein Geheimnis: daß sie nicht so ist wie andere Familien. Meine Mutter stellte sich vor, jede Familie im Vereinigten Königreich außer der unsrigen nähme morgens gemeinsam ein warmes englisches Frühstück ein, und wenn der Herr des Hauses zur Arbeit, die Kinder zur Schule gegangen seien, folge ein ordnungsgemäßes Programm aus Waschen, Putzen, Backen und anderen Hausfrauenpflichten, unterbrochen von morgendlichen Kaffeerunden und (weiter oben auf der sozialen Leiter) Cocktailpartys. Meine Eltern begriffen nie, daß die meisten Familien sich einfach irgendwie durchwurstelten.

Eine unterschwellige Sehnsucht durchzog ihrer beider Leben: bevor sie in das Dorf zogen, träumte mein Vater von einem kleinen Eigentum (so wurde es stets bezeichnet). Er stellte sich vor, Hühner und eine Ziege zu halten, Kartoffeln anzubauen; ein Selbstversorger-Idyll.

Vor nicht allzu langer Zeit war ich in Holland, wo entlang sämtlicher Bahngleise und auf jedem freien Fleckchen städtischen Bodens Hunderte gepflegter Kleingärten lagen, nicht so sehr Gemüsegärten als vielmehr eingezäunte Rasenflächen, alle mit einer kleinen Laube, fast einem Pavillon, vor denen die zumeist älteren Besitzer in der Sonne lagen (manche von ihnen so gut wie nackt). Dazu hätte Dad sich sicher nie hinreißen lassen, doch ich glaube, genau so etwas meinte er mit kleinem Eigentum, wenn auch nicht so sehr auf Tuchfühlung zu den Nachbarn. Das war natürlich der Traum einer Generation vor ihm, die Phantasie der Soldaten, die den Ersten Weltkrieg überlebt hatten. Surrey, Essex und Kent sind voller heruntergekommener kleiner Hühnerfarmen, traurige Relikte jener Tage.

Dad hatte keine gesellschaftlichen Ambitionen, sein Ehrgeiz beschränkte sich darauf, besser Geige spielen zu können. Er las eine Menge, auch wenn im Wohnzimmer nie ein Bücherregal stand und sämtliche Bücher des Hauses in meinem Zimmer aufbewahrt wurden, da Mam der Auffassung war, daß Bücher ein Zimmer nicht etwa wohnlich einrichten, sondern im Gegenteil nur Unordnung machen. Die paar eigenen Bücher, die sie besaßen, wurden in der Anrichte aufbewahrt, und trotz ihres fortgeschrittenen Alters hatten die meisten davon mit Persönlichkeitsentwicklung und Weiterbildung zu tun: ›Verbessern Sie Ihre Gedächtnisleistung‹, ›Im Einklang mit dem Unendlichen‹, ›Gesund durch Entspannung‹. Als mein Vater starb, fuhren mein Bruder und ich ins Krankenhaus, um seinen persönlichen Besitz abzuholen – seine Busdauerkarte, ein paar Karamelbonbons, die er in der Tasche gehabt hatte, und in der Brieftasche einen Zeitungsausschnitt: ›In einer Woche von Bronchitis befreit! Tiefenatmung – der einzig richtige Weg‹.

»Wir sind beide nicht besonders gesellig. Das war anders, als wir jung verheiratet waren, aber man kommt mit der Zeit aus der Übung.«

»Ich verstehe jedenfalls nicht, was Gott mit Geselligkeit zu tun haben soll. Zu viel Gott macht jedem Spaß ein Ende.«

Das ist ein Dialog aus *Say Something Happened*, einem meiner Fernsehspiele über ein älteres Ehepaar, das Besuch von einem jungen Sozialarbeiter bekommt, der wegen ihrer Vereinsamung besorgt ist. Mam und Dad beschäftigten nie die Sozialbehörden, aber je älter sie wurden und je häufiger Mams Depressionen kamen, desto mehr blieben sie für sich. Außerdem wurde alles so gesellig. Sie gingen irgendwann nicht mehr zur Kirche, weil sie allzu oft nach dem Gottesdienst noch in eine Diskussionsrunde gedrängt wurden.

»Es ging um die Dritte Welt«, schrieb Dad mir. »Also, Deine Mutter und ich wissen nicht mal, wo die Dritte Welt liegt. Nächste Woche ist Buddhismus dran. Ich glaube, das werden wir uns sparen.«

Smalltalk, Buddhismus, Würstchenspieße waren, genau wie der zweite Vorname, etwas für andere Leute, nicht für sie.

Bei Mam jedoch hielt der Traum vom gesellschaftlichen Leben länger an. Als sie nach Dads Tod zu meinem Bruder zog, räumte ich den Küchenschrank leer und fand hinter einer alten Flasche ›Goodall's Vanilla Essence‹ und einer halbleeren Tüte Mehl eine traurige kleine Plastikröhre mit Cocktailspießchen.

Einfach ausgedrückt, und wie sie selbst es gesagt hätten, waren meine Eltern beide schüchtern, ein Fehler, den sie als Behinderung betrachteten und gleichzeitig in den Rang einer Tugend erhoben. Immer noch besser schüchtern, wie unwohl man sich deshalb auch fühlen mochte, als zu sehr von sich eingenommen und immer in den Vordergrund drängend.

Vielleicht war es die Schüchternheit, die meine Eltern ursprünglich zueinander gezogen hatte; meine Mutter war so schüchtern wie ihre Schwestern es gerade nicht waren, und mein Vater war der zurückhaltendste unter seinen Brüdern. Die Trauung am frühen Morgen in der Kirche St. Bartholomew's in Armley war eine Zeremonie für ein Hochzeitspaar, das für Zeremonien zu schüchtern war, und so überrascht es nicht, daß in den folgenden Jahren auf Schüchternheit Wert gelegt wurde und sie zu unserem Erkennungsmerkmal wurde.

Zur Hälfte resultierten Dads Wertvorstellungen aus seiner Zurückhaltung, da sie die Bescheidenheit seiner Erwartungen verstärkte und ihm half, sich mit dem größeren Unternehmungsgeist und dem glücklichen Händchen anderer abzufinden.

»Dein Vater drängt sich nie in den Vordergrund«, pflegte Mam zu sagen, »das ist sein Problem.« Es spielte keine Rolle, daß es auch ihr Problem war; sie war schließlich eine Frau. Er wurde zum Beispiel selten wütend und scheute sich, anderen die Meinung zu sagen, statt dessen fühlte er sich »ganz krank«. Dagegen, daß man ihn im geschäftlichen Bereich regelmäßig hinterging oder heruntermachte, legte er sich weder ein dickes Fell zu noch eine Abwehrstrategie, statt dessen äffte er Leute nach, die er nicht leiden konnte, wünschte ihnen ›Joe Fittons Medizin‹* zu verabreichen oder machte einfach nur Witze. Doch er rebellierte innerlich gegen sein Temperament, das ihn bei allen außer bei sich selbst wohlgelitten machte, und es ist kaum verwunderlich, daß er dank der Unterdrückung seiner Gefühle ständig unter Magenproblemen zu leiden hatte; Beschwerden, die er mir zusammen mit der Schüchternheit vererbt hat.

Schüchternheit ist ein weiches Wort, nebulös und flauschig, und es deckt eine ganze Reihe unterschiedlicher Verhaltensweisen ab. Vom Sohn mittleren Alters oder der neurasthenischen Tochter, die noch bei ihrer alten Mutter leben, bis zum potentiell gefährlichen sozialen Krüppel, der zu keiner menschlichen Regung fähig ist: das Spektrum des Wörtchens »schüchtern« reicht vom Mauerblümchen bis zum Psychopathen. »Ein Einzelgänger«, schreibt die Boulevardpresse, wenn eine verhaltensgestörte Unglücksgestalt sich einem Kind zu nähern oder es zu entführen versucht oder sich im Park entblößt hat, denn schüchtern gilt unter diesen Umständen als zu freundliche Beschreibung. Weil es so nah bei »weichlich« und auch »gehemmt« liegt, wobei diesen Worten das Mitgefühl oder Verständnis fehlt, das »schüchtern« impliziert. Die Entschuldi-

**Im Krieg tat mein Vater Dienst als Luftschutzwart und wurde auf seinen Kontrollgängen von seinem Nachbarn Joe Fitton begleitet. Irgendjemand weckte Joes Zorn (vielleicht durch die andauernde Weigerung, die Fenster zu verdunkeln), und als er eines Abends wieder einmal an der Tür klingeln und mahnen mußte, platzte Joe heraus: »Denen würde ich gern mal richtig in den Arsch treten.« Das paßte gar nicht zu Joe und wurde ein Familienwitz – ein recht praktischer, da Dad niemals fluchte; jemandem in den Arsch zu treten, wurde also euphemistisch ›Joe Fittons Medizin‹ genannt. Dad machte sogar ein Verb daraus: »Den würde ich gern mal joefitton.«*

gung oder Erklärung, daß jemand schüchtern ist, wird meist von anderen gegeben (vor allem von Müttern), selten jedoch von den Betroffenen selbst. Denn wenn man schüchtern ist, ist man im allgemeinen auch zu schüchtern, es zu sagen; »Ich bin schüchtern« ist ein ziemlich mutiges Bekenntnis.

Unter dem Schutzmantel der Schüchternheit brauchte ich ziemlich lange, um zu begreifen, daß Zurückhaltende und Selbstdarsteller, die Scheuen und ihre Gegenstücke, von der gleichen Grundannahme ausgehen. Alle schauen mich an, denkt der Schüchterne (und ich wünschte, sie würden es lassen). Alle schauen mich an, denkt der Selbstbewußte (und das ist auch gut so). Diese Lektion lernte ich noch früh genug, um sie meinen Eltern – wahrscheinlich ziemlich hochtrabend – unter die Nase zu reiben, doch für sie war es zu spät, und meine andere Erkenntnis, daß Schüchterne fast immer auch Langweiler sind, hatten sie zu ihrem Leidwesen bereits selbst gewonnen. Ich versicherte ihnen völlig zu Unrecht, daß es allen anderen ganz ähnlich ginge wie ihnen und daß gesellschaftliche Sicherheit gespielt werden könne und solle.

»Du kannst das vielleicht«, sagte Dad dann, »du bist ja auch gebildet«, und er fügte hinzu, wie oft er das Gefühl habe, nichts zum Gespräch beitragen zu können. »Ich glaube, ich bin langweilig. Ich verstehe nicht, wie uns jemand leiden kann. Manchmal frage ich mich, ob die Leute uns wirklich mögen.«

Diese Bemerkung zerriß mir das Herz, denn sie schielte nicht auf Widerspruch. So sahen sie sich tatsächlich.

Was in dieser Schilderung fehlt, sind all ihre Witze, ihr Humor, ihre Freude am Leben und ihre pure Albernheit. Nach der Pensionierung nahmen sie beide zu, und als ich eines Tages ins Haus kam, saßen sie nebeneinander auf dem Sofa. »Da sind wir«, sagte Dad. »Schweinchen Dick Eins und Schweinchen Dick Zwei.«

In Bezug auf Sex war Dad immer zurückhaltend gewesen, hatte nie direkt darüber gesprochen und auch jegliche Anspielung von uns Kindern mißbilligt, sogar Mams gelegentliche »schlüpfrige« Bemerkung. Ich war daran gewöhnt und respektierte seine Haltung. Doch auch ich war nicht immun gegenüber dem modischen Geschwätz der Siebziger über Geisteskrankheiten, und bei einer der langen Fahrten zum oder vom Krankenhaus fragte ich meinen Vater, ob er meine Mutter auch genug berührte. Er war zu verlegen, darauf zu antworten, und beschränkte sich auf ein »Nicht, Alan«, womit er andeuten wollte, daß es mich nichts anging. Und da hatte er ganz recht. Wer war ich, daß ich wissen wollte, wie viele Berührungen es zwischen ihnen gab, wo ich doch selbst zu der Zeit kaum jemanden berührt hatte oder berührte? Es wäre womöglich besser oder akzeptabler gewesen, wenn ich statt berühren ›umarmen‹ gesagt hätte, doch das Umarmen als Ausdruck der (oft gefühllosen) Zuneigung war noch nicht ganz so verbreitet wie in den Achtzigern und Neunzigern, als es meist dazu diente, das ebenso lieblose Konzept des »Mitfühlens« zu demonstrieren. Wenn ich daran denke, diese Frage überhaupt gestellt zu haben, zucke ich noch im Rückblick zusammen. Aber wie hätte ich auch von Umarmungen sprechen sollen, wo wir beide wußten, daß in unserer Familie nicht viel umarmt wurde, ohne daß wir deshalb weniger Zuneigung für einander empfunden hätten.

Dad hätte sich gescheut, in einer Umarmung mit Mam gesehen zu werden, doch als ich ihm die unnötige Frage über Berührungen stellte, hätte er – völlig undenkbar – durchaus antworten können, daß es mich zwar nichts anginge, aber daß er mit seinen siebzig Jahren Mam durchaus noch berührte, wenn und wo es darauf ankam. Das stellte sich ein oder zwei Jahre später heraus, als er im selben Krankenhaus in Airedale auf der Intensivstation lag und, wie man uns versicherte, von einer Herzattacke genas. Mam war gerade erst aus demselben Krankenhaus entlassen worden und erholte sich zu Hause von einem weiteren Depressionsschub. Noch von ihrer eigenen Erkrankung verwirrt und von seiner verstört, lag sie im Bett und sprach über Dad, wobei sie mich manchmal – was gar nicht selten vorkam, wenn es ihr schlecht ging – mit ihm verwechselte. Aus heiterem Himmel sagte sie plötzlich:

»Er ist noch sehr gut beieinander, dein Vater, weißt du.«

»Ja«, sagte ich und hielt das für eine allgemeine Feststellung.

»Nein. Ich meine, für einen Mann von einundsiebzig Jahren.«

Ich begriff immer noch nicht.

»Wieso?«

»Na, du weißt doch, als wir noch in Leeds wohnten, mußte er sich operieren lassen, wegen dem Wasserlassen. Die meisten Männer bringen danach nicht mehr viel zustande. Aber deinem Vater hat es gar nichts ausgemacht. Er ist wirklich gut beieinander.«

Hätte ich damals nur geahnt, daß das Tragische an dieser Aussage die Zeit des Verbs war, denn so gut er auch beieinander gewesen war, jetzt war er es nicht mehr, und er starb wenige Tage später.

»Erst am Dienstag sind wir beide rüber nach Morecambe gefahren«, sagte Mam. »Es war den ganzen Tag trübe, aber zum Tee hat es aufgeklart, also dachten wir, wir machen eine kleine Tour. Meinst du, die ganze Fahrerei zum Krankenhaus hat ihn umgebracht?«

Ich sagte, das glaubte ich nicht, obwohl das Gegenteil der Fall war.

»Wir sind über den Golfplatz zum West End raufgefahren. Ich wollte ein bißchen am Strand spazieren, aber nach höchstens einer Minute hat er gesagt, ›Nein, Mam, du mußt anhalten. Ich kann nicht weiter.‹ Da muß es schon im Anmarsch gewesen sein.«

Ich wußte genau, wo sie spazieren gewesen waren. Es war oben in Richtung Bare, dem als »etwas feiner« geltenden Vorort von Morecambe. Wir waren oft an jenem Strand spazierengegangen, vor allem während des Krieges, als wir anscheinend alle unsere Ferien am Meer in Morecambe verbrachten. Für Dad waren das kaum nennenswerte Ferien, denn da er in der genossenschaftlichen Fleischerei keine Vertretung hatte, konnte er nie mehr als zwei Tage mitkommen, und diese kurze Spanne wurde immer schon vom kummervollen Abschied überschattet, der sie beendete. Die Trauer bei diesen Trennungen hätte eigentlich komisch sein müssen, doch so wirkte es nie. Wenn wir ihn am Zug verabschiedet hatten, gingen wir drei am leeren abendlichen Strand spazieren, während die Sonne jenseits der Bucht unterging, und Mam weinte unaufhörlich. Worüber? Sie blieben doch höchstens für vier oder fünf Tage getrennt, und Dad kehrte auch nicht an die Front zurück, sondern nur ins öde alte Leeds, wo es kaum einmal einen Luftangriff gab. Ich nehme an, es war Liebe und die Einsamkeit der vor ihr liegenden Woche mit ihren beiden wenig Trost spendenden Söhnen.

Daß dieser Sandstrand, wo sie einst so bitterlich geweint und unnötig getrauert hatte, nun die Kulisse für ihren letzten gemeinsamen Spaziergang geboten hatte, scheint also wenn schon nicht passend, so doch immerhin symmetrisch, da der unangemessene Schmerz seinen passenden Grund vierzig Jahre später fand und die Gleichung aufging.

Später kam mir der Gedanke, ich könnte bis zu einem gewissen Grad verantwortlich für das Geschehen sein und Dads Tod wohl nicht meine Schuld, aber vielleicht mein Werk. Mein zweiter Fernsehfilm, *Sunset Across The Bay*, war 1974 bereits geschrieben, wenn auch noch nicht gedreht, und darin gab es eine Szene, in der sich ein Rentnerpaar von seinem Sohn verabschiedet, der nach Australien geht. Ich verlegte den Abschied an eben jenen Strand von Morecambe und ließ dann den Vater in einer späteren Szene an einem Schlaganfall in einer Toilette an der Uferpromenade sterben. Das Paar im Stück ist nach der Pensionierung von Leeds nach Morecambe gezogen und war meinen Eltern nicht ganz unähnlich, abgesehen davon, daß die beiden Drehbuchfiguren einsam und unglücklich leben und ihre Erwartungen ans Rentenalter unerfüllt bleiben, während diese Zeit für Mam und Dad trotz Mams Depressionen die glücklichste ihres Lebens war. Wir drehten den Film im Herbst, als mein Vater drei Monate tot war – sein erster Herzinfarkt kam an einem Samstagmorgen im August 1974, der zweite, eine Woche später, brachte ihn um.

Wer schreibt, kennt das Element unabsichtlicher Vorhersagen, das unsere Phantasie beeinflußt; man schreibt über irgendetwas, und wenn es auch nicht exakt eintrifft, so doch in abgewandelter Form. Manchmal gibt es eine objektive Erklärung, wenn man zum Beispiel über sich selbst schreibt; erst nachdem ich ein Stück geschrieben hatte, das sich, wenn auch in drastischer Komik, mit sexueller Gehemmtheit beschäftigte, kam mein eigenes Sexualleben in Schwung. Das Stück war eine Art grobschlächtiger Psychotherapie, »sich etwas von der Seele schreiben« (oder »aus dem Leib«) nennt man das auch.

Es ist vielleicht verstiegen zu glauben, daß ich den Tod meines eigenen Vaters durchs Verfassen eines Drehbuchs über den Tod eines anderen Vaters herbeigeführt haben könnte, aber der Gedanke kam mir ganz bestimmt. Doch ich hatte womöglich auch auf andere, unmittelbarere Weise zu seinem Tod beigetragen.

Der Herzinfarkt hatte sich nicht ohne Vorwarnung ereignet, doch unsere gesamte Aufmerksamkeit, auch die von Dad selbst, war so auf Mams Zustand und ihre wiederkehrenden Depressionen gerichtet, daß seine eigene schwindende Gesundheit unbeachtet blieb, jedenfalls von mir, und er sprach am Telefon nicht darüber, typisch für ihn. Oder doch? Vielleicht wollte ich es nicht hören.

Ich war nicht mehr so häufig in den Norden gefahren wie früher, weil ich im West End in meinem Stück *Habeas Corpus* auf der Bühne stand und die einzige Möglichkeit eines Heimatbesuchs darin bestand, sonntags hochzufahren und montags wieder zurück, ich hatte also eine Entschuldigung für die Vernachlässigung meiner familiären Pflichten. Aber im Grunde war das doch nur ein Vorwand, und ich wollte nicht mal für eine Nacht aus London weg, weil ich mich dort amüsierte und, was noch wichtiger ist, mir auch dessen bewußt war. Ich »lebte«, wie es eine Figur in einem meiner Texte ausdrückt, in dem ein Vater einen Herzinfarkt erleidet und sein Sohn an seinem Krankenhausbett sitzt, um bei ihm zu sein, wenn er stirbt, doch im entscheidenden Augenblick ist er nicht bei seinem Vater, sondern mit einer Krankenschwester im Bett. Ich bin nicht ich und er ist nicht er, aber ich kann mir vorstellen, wo diese Geschichte ihren Ausgang nahm, die ich sechs Jahre später schrieb.

Ich war immer ein Spätstarter gewesen, und mit vierzig Jahren, gerade noch rechtzeitig, wie mir damals schien, war auch ich jener sexuellen Revolution teilhaftig geworden, die nach Aussage von Philip Larkin (allerdings kein verläßlicher Zeuge) ein Jahrzehnt zuvor begonnen hatte. Meine sexuellen Beziehungen nahmen nicht erst 1974 ihren Anfang, aber zweifellos schien Sex in diesem Jahr auf einmal mehr oder weniger frei verfügbar ... oder vielleicht hatte ich auch nur gelernt, wie man darüber verfügt. Jedenfalls führte ich plötzlich ein Leben, wie es alle anderen offenbar schon seit Jahren führten. Ich hatte es endlich – wie man so sagt – ›geschnallt‹. Genau in diesem Moment starb mein Vater, ich wurde ohne viel Federlesens aus London verbannt, wo solch ein Leben möglich war, und mußte zu meiner Mutter nach Yorkshire ziehen, wo es unmöglich war.

Ganz so plötzlich war es nicht, da eine Woche zwischen seinem ersten Infarkt und dem zweiten verging. Ich fuhr sofort nach Norden, er lag auf der Intensivstation, erschöpft, aber auf dem Weg der Besserung, wie man mir versicherte. Es sollte nur noch sechs Aufführungen von *Habeas Corpus* geben, also fuhr ich nach London zurück, um bis zum Ende mitzuspielen und außerdem mein plötzlich so ereignisreiches Leben fortzuführen, jedenfalls so lange es mir erlaubt war. Auf dem Rückweg schaute ich im Krankenhaus vorbei, um mich zu verabschieden und ihm zu sagen, daß wir uns in einer Woche wiedersehen würden. Er saß aufrecht im Bett, von Kissen gestützt, das Pyjamaoberteil offen, Elektroden auf die Brust geklebt, die seine Herztöne überwachten. Ich glaube, er hat in seinem ganzen Leben kein Sonnenbad genommen oder auch nur sein Hemd aufgeknöpft, weshalb die Kragenlinie sich scharf abhob und das rot verwitterte Gesicht sich wie ein Helm über der cremeweißen Brust ausnahm.

In unserer Familie wurde nie viel geküßt; meine Mutter küßte ich öfter, aber ich kann mich eigentlich nicht erinnern, meinen Vater nach meiner Kindheit je geküßt zu haben. Selbst als wir noch klein waren, machte Dad aus jedem Kuß einen Scherz, zog eine Grimasse und streckte einem die Wange hin, damit den genauen Fleck anzeigend, auf dem die unappetitliche Pflichtübung abzuleisten war. Mein Bruder sah ihn seltener als ich und schüttelte ihm die Hand, aber ich für meinen Teil kann mich nicht einmal daran erinnern. Das soll nicht heißen, daß wir ein distanziertes Verhältnis hatten. Ich fühlte mich ihm als Erwachsener sogar näher als jemals in Kindertagen, als ich altklug war, mit meinem Wissen angab und oft spürte, daß ich ihn in Verlegenheit brachte und nicht das Kind war, das er sich gewünscht hatte.

Ich saß also eine Zeitlang an seinem Bett, dann stand ich auf, um Auf Wiedersehen zu sagen. Und zum einzigen Mal in meinem Erwachsenenleben küßte ich ihn auf die Wange. Er sah den Kuß kommen und rutschte ein wenig zur Seite, ich sah eine ferne Furcht in seinem Blick, nicht so sehr vor dem Kuß selbst, sondern vor dem, wovon er kündete. Ich küßte ihn, dachte er offensichtlich, weil ich nicht erwartete, ihn wiederzusehen. Er wußte, was meine Geste bedeutete, und ich ebenso, denn auch mir war schon Ähnliches widerfahren. Es war der Kuß des Todes.

Könnte ich diesen Kuß und die Erinnerung daran auslöschen, ich würde es tun, auch wenn ich den Prognosen der Ärzte vertraute und nicht daran dachte, daß Dad sterben könnte. Ich fürchte, der Anlaß für meinen Kuß war wiederum der modische Unsinn, daß Familienbeziehungen durch Berührungen und Zuneigungsbekundungen gesünder werden, dasselbe Geschwafel, das mich zu der Frage veranlaßt hatte, ob er Mam berührte. Und ein ganz ähnlicher Drang ließ mich auch nach seinem Tod danach fragen, ob ich den Leichnam sehen könnte. Der Tod als letztes Tabu, Teil des Lebens, genau wie die Geburt – die brandaktuellen Weisheiten aus den Wochenendbeilagen. Noch unverzeihlicher war der Gedanke, daß der Beruf des Schriftstellers einen unerschrockenen Blick erfordere, wozu auch das Angesicht des Todes gehöre. Außerdem war ich vierzig Jahre alt, und der Tod des Vaters war eine der wichtigen, prägenden Erfahrungen; ich hatte geradezu die Pflicht, das meiste herauszuholen.

Er war am Samstagmorgen gestorben, ich saß bereits im Zug nach Norden; als ich seinen Leichnam am Montag im Krankenhaus von Airedale zu sehen bekam, war er also bereits seit zwei Tagen tot. Die Leichenhalle war im hinteren Teil des Krankenhauses; eine Abteilung, die sie offenbar nicht gern vorzeigten, denn sie lag zwischen dem Heizungsraum und dem Hintereingang der Küche. Ich wurde in einen Raum mit Vorhängen geleitet (›Ansichtsraum‹

genannt), wo Dad unter einem schrecklichen, violetten Leichentuch lag. Zwei Betreuer standen dort, von denen einer das Tuch wegzog. Der Anblick war schockierend. Sein Gesicht hatte sich zusammengezogen, und sein Gebiß paßte ihm nicht mehr, so daß er praktisch die Zähne fletschte, der untypischste Ausdruck, den ich mir bei ihm vorstellen konnte. Sicher zum ersten Mal in seinem Leben (nur daß er nicht mehr am Leben war) sah er grimmig und wild aus. Ich merkte, daß die beiden Betreuer mich ansahen, mehr an meinen Reaktionen als an der Leiche interessiert, die für sie bestimmt nichts Besonderes war. Mir fiel wieder auf, daß er auch mit einundsiebzig noch kaum ein graues Haar hatte; ich nickte, und sie rollten ihn hinaus.

Als ich für ein paar Tage nach London zurückkehrte, erwähnte ich den Tod meines Vaters gegenüber Miss Shepherd, der Obdachlosen, die sich einige Monate zuvor mit ihrem Lieferwagen in meinem Garten niedergelassen hatte. Sie machte sich nicht die Mühe, Mitgefühl auszudrücken, denn sie nahm im Grunde stets nur ihr eigenes Unglück wahr, nicht das anderer. Auch nicht in diesem Fall.

»Ja. Ich wußte, er muß gestorben sein. Ich habe ihn vor ein paar Tagen gesehen. Er schwebte über dem Konvent oben an der Straße. Ich glaube, er wollte Sie damit vor den Gefahren des Kommunismus warnen.«

Diese Erscheinung war ebenso unglaubhaft wie ihre angebliche Mission. Ich konnte mir zahlreiche Gründe ausmalen, wieso mein Vater in unserer Straße herumgeschwebt sein sollte (»Versuch doch ein bißchen mehr Geduld mit deiner Mutter zu haben«, zum Beispiel), aber die Rote Gefahr stand ganz bestimmt weit unten auf seiner Prioritätenliste.

© John Timbers

Alan Bennett, 1934 in Leeds geboren, wurde bekannt durch seine TV Comedy-Revue *Beyond the Fringe* sowie durch die 1987 unter dem Titel *Talking Heads* von der BBC gesendeten Monologe. Er ist einer der populärsten unter Großbritanniens Dramatikern. Als *SVLTO* sind bereits erschienen *Die Lady im Lieferwagen, Così fan tutte* und *Handauflegen* (die beiden letztgenannten auch als LeseOhr, gelesen von Uwe Friedrichsen).

Alan Bennett im *SVLTO*

Così fan tutte
Eine Geschichte

Mit knochentrockenem britischen Humor erzählt Bennett die Geschichte eines englischen Middleclass-Ehepaars, das vom Opernbesuch nach Hause kommt und seine Wohnung vollkommen leer vorfindet. Mit dem Verlust der Einrichtung aus zweiunddreißig Ehejahren tun sich ungeahnte Möglichkeiten auf ...

»Alan Bennett erzählt so ingrimmig-witzig, so entspannt bis ins Skurrile hinein und zugleich so zurückhaltend albern, daß man fast alle Töne des Amüsements während der bedauerlich kurzen Lektüre dieser Geschichte erlebt.«

Elke Schmitter, Der Spiegel

Aus dem Englischen von Brigitte Heinrich
Rotes Leinen. Fadengeheftet. 96 Seiten
Auch als LeseOhr. Gelesen von Uwe Friedrichsen. 1 CD. 70 Minuten

Die Lady im Lieferwagen

Nach seinem grandiosen Erfolg mit *Così fan tutte* liefert Alan Bennett weitere Einblicke in den oftmals skurril anmutenden Alltag unserer Nachbarn auf den britischen Inseln – und in sein eigenes Leben.

»Unwiderstehlich schlau und selbstironisch.« Julia Kospach, Profil

Aus dem Englischen von Ingo Herzke
Rotes Leinen. Fadengeheftet. 96 Seiten

Handauflegen
Kurzroman

Moos hamma, fesch samma!
Der unzeitgemäße Tod eines ihrer Lieblinge sorgt für Schrecken in der Regenbogengesellschaft der Reichen und Schönen. Bissig und süffisant wie *Così fan tutte!*

Aus dem Englischen von Ingo Herzke
Rotes Leinen. Fadengeheftet. 96 Seiten
Auch als LeseOhr. Gelesen von Uwe Friedrichsen. 2 CDs. 155 Minuten

Lesen Sie Weiter

Keith Ridgway Normalzeit
Erzählungen

Ungewöhnliche Geschichten von ebenso kauzigen wie normalen Menschen, aus einem Irland fern der Postkartenidylle.

»Kunstvoll gearbeitete Erzählungen, die nie angestrengt wirken, mit einem mitreißenden, bezwingenden Rhythmus. Ridgway läßt uns in Lebensumstände blicken, die wunderbar kurios sind.« The Economist

Aus dem Englischen von Jürgen Schneider
Gebunden mit Schutzumschlag. 176 Seiten

A. L. Kennedy Gleissendes Glück
Roman

Ein Buch über eine seltsam starke Frau, das Sex und Gewalt in ihrer ganz zeitgenössischen Janusköpfigkeit präsentiert.

»Direkt und zugleich entrückt – beides wunderbar balancierend ist A. L. Kennedy ein kleines Meisterwerk gelungen.«

Bernhard Schlink

Aus dem Englischen von Ingo Herzke
Gebunden. 192 Seiten
Auch als LeseOhr. Gelesen von Mechthild Großmann. 3 CDs. 155 Minuten

A. L. Kennedy Paradies
Roman

Das Paradies ist Hannah Luckraft nicht fremd: Einen Hauch davon spürt sie auf der Haut ihres Liebhabers und in jedem Drink, den sie zu sich nimmt.

Aus dem Englischen von Ingo Herzke
Gebunden mit Schutzumschlag. 368 Seiten

Vatertage von Alan Bennett erschien im Februar 2007 als 144. *SVLTO.*

Der erste Text erschien 1999 unter dem Titel *Father! Father! Burning Bright* in der ›London Review of Books‹ und 2000 im Verlag Profile Books in London. Die deutsche Übersetzung erschien erstmals 2002 in dem Band *Vater, Vater lichterloh* im Verlag Klaus Wagenbach in Berlin.
Der zweite Text ist dem Band *Untold Stories* entnommen, der 2005 bei Faber and Faber und Profile Books in London erschien.

Verlag Klaus Wagenbach, Emser Straße 40/41, 10719 Berlin
Umschlaggestaltung Julie August unter Verwendung einer Photographie von Photocase. Gesetzt aus der Scala. Bucheinbandstoff Ernstmeyer, Herford. Gedruckt auf chlor- und säurefreiem Papier (Schleipen) und gebunden bei Clausen & Bosse, Leck.
Printed in Germany.

ISBN 978 3 8031 1243 9

9 783803 112439